LES
DEVISES,
DE MONSIEVR
DE
BOISSIERE·

Auec vn Traitté des Reigles de la
Deuise, par le mesme Autheur.

Chez AVGVSTIN COVRBE', dans la
petite Salle du Palais, à la Palme.

M. DC. LIV.
AVEC PRIVILEGE DV ROT.

A MESSIEVRS
DE L'ACADEMIE
FRANÇOISE.

ESSIEVRS,

Quand i'ay obtenu de Monsieur de Boiſſiere la liberté de faire imprimer cét Ouurage; ce n'a eſté que ſous deux conditions, que ie l'expoſerois premierement à voſtre Cenſure, & qu'en ſuitte ie le mettrois ſous voſtre

ã ij

EPISTRE.

protection. J'ay satisfait à la premiere autant qu'il m'a esté possible; Car
ayant appris, que, ny les occupations,
ny l'Institution de vostre Illustre Com-
pagnie, ne luy permettoient que mal
aisement d'examiner les trauaux
d'autruy dans ses assemblées, i'ay fait
voir celuy-cy en particulier à quel-
ques-uns d'entre-vous, que leur mo-
destie me deffend de nommer. Ils m'en
ont dit ingenûment leur aduis, &
par les loüanges qu'ils luy ont don-
nées, ils n'ont fait que m'affermir
dans le dessein que i'auois de le publier. Maintenant, Messieurs, i'obeïs
à la seconde loy qui m'a esté imposée,
& ne pense pas qu'vn Liure, comme
celuy-cy, puisse estre consacré à l'E-
ternité par vn nom plus Grand, &
plus Auguste que le vostre. Ceux que
la Naissance, ou que la Fortune esleue

EPISTRE.

aux premiers rangs, se trompent sou-
vent au choix des choses, & leurs
iugements ne font pas ceux du Public;
Mais ce que l'Academie Françoise
aura trouué digne de son Estime, me-
ritera celle de toutes sortes de personâ-
nes, ou mesprisera justement leur mé-
pris. Je n'en iuge point, Messieurs,
par les circonstances exterieures, qui
luy sont si glorieuses, ie veux dire par
ces aduantages qu'elle a, d'estre esta-
blie dans la plus fameuse, & la plus
polie de toutes les villes de l'Europe;
d'estre l'ouurage d'vn des plus grands
hommes de nostre Siecle; & d'estre encore aujourd'huy sous la Protection
d'vn autre, qui ne tient pas vn moindre rang dans la Republique des belles
Lettres, que dans l'Estat. Mais qui
ne void que depuis vingt-ans, à peine
auons nous quelque grand & riche

ă iij

EPISTRE.

Ouurage d'esprit en nostre langue, quelque Liure, qui puisse seruir d'exemple, & de modelle, soit pour la Prose, soit pour les Vers, que nous ne deuions à l'Academie Françoise. C'est elle qui nous a donné les Balzacs, les Voitures, les Vaugelas, les Mainards, les Maleuilles, les Farets, les Haberts. Pour ne rien dire de ceux qui semblent estre d'vne autre Espece, des Meziriacs, des Bardins, des Sirmonds, & des Bourbons, & pour ne point parler de toutes ces autres lumieres de nostre Siecle, qui brillent encore parmy vous aux yeux de la France, & qui l'esclaireront eternellement par leurs Escrits. Ces raisons, Messieurs, obligent Monsieur de Boissiere, aussi bien que moy à ne reconnoistre point de Tribunal plus Souuerain, ny plus

EPISTRE.

absolu que celuy de l'Academie, &
quelques autres reflexions dont ie ne
demeure pas d'accord auec luy, font,
qu'en vous rendant cette deference,
il implore, pour ainsi dire, vostre se-
cours. Car à l'ouïr parler de luy-mes-
me, il n'est plus de ce monde ; c'est vn
homme du temps passé ; On pense, &
on parle aujourd'huy, tout autrement
qu'on ne faisoit en son Siecle, & comme à mesure qu'on va vers la fin du
monde, les vies des hommes, qui
estoient au commencement de plusieurs centaines d'années, s'accourcis-
sent tous les iours. Il luy semble aussi que toutes les choses humaines, les
façons, & les coustumes qui estoient
autresfois plus constantes, sont aujourd'huy de plus courte durée qu'elles ne furent iamais. Enfin, il a veu
si fort changer la Grammaire, le sti-

EPISTRE.

le, la langue, les manieres de penser
& d'exprimer ses pensées, qu'il se re-
connoist Estranger au milieu de sa
Patrie, & barbare parmy ses Ci-
toyens. A cette consideration, il ad-
jouste celle du peché Originel de la
Garonne, & du Tarn, & sçait af-
fez que parmy les beaux Esprits,
Il y en a qui ne croyent pas estre He-
retiques, pourueu qu'ils confessent,
que les ames de ceux qui habitent ce
climat sont immortelles, encore qu'ils
doutent si elles sont toutes raisonna-
bles. Il est tres-persuadé, M E S-
SIEVRS, non seulement, que vous
ne traitez point nostre Patrie auec
vne si grande injustice; mais mesmes
que vous n'usez pas enuers elle de
toute vostre seuerité, & qu'à parler
generalement on peut dire de vous,
comme on a dit autresfois d'vn ex-

EPISTRE.

cellent Prince, que vous vous empeſ-
chez de faillir, comme ſi vous ne par-
donniez iamais, mais que vous ſçau-
ez pardonner, comme ſi vous faiſieZ
tous les iours des fautes. Il vous ſu-
plie donc, Meſſieurs, de vouloir en-
treprendre ſa deffence, contre ceux,
qui pour paroiſtre auſſi iudicieux que
vous, affecteront d'eſtre plus Criti-
ques, & ie vous le demande auec
luy, de peur qu'il ne me reproche de
luy auoir fait malgré luy publier ſur
ſes vieux ans, les Ouurages de ſa
jeuneſſe, & mettre au iour cette riche
quantité de Deuiſes, qu'il tenoit depuis ſi long-temps renfermées dans
ſon Cabinet, comme vne mere gene-
reuſe, qui auroit honte de laiſſer ſor-
tir ſes filles qu'elles croiroit mal propres ou mal habillées ſuiuant leur
condition. Ce n'eſt pas que pluſieurs

de ces *Deuises*, n'ayent esté comme
publiques. Quelques-vnes ont esté autresfois les delices, non seulement de
l'Illustre *Comte de Carmain*, mais
encore du *Grand Cardinal de Richelieu* vostre *Fondateur*, qui faisoit
profession de reconnoistre celles de
Monsieur de Boissiere, comme *Iules
Cesar*, les bons mots de *Ciceron*. D'autres ont couru le monde, comme des
Enfans exposez, dont on ne connoissoit
point le *Pere*, & que l'on a librement
donnez à ceux qui les ayant recueil-
lis, ont esté assez humains pour ne
les pas desaduoüer. On sçait que ce
genre de trauaux est sujet à l'vsur-
pation, & que dans l'*Empire des
Lettres* il n'y a point de plus facile
proye, que celle-là. Ce font des biens
volages & fugitifs, & de difficile
garde, qui s'eschappent des mains de

EPISTRE.

leur Maiſtre, pour peu qu'il les mon-
tre, & qui ſont déja bien-loin, lors
qu'il penſe encore les tenir ſous la clef.
La plus malheureuſe memoire du
monde, emporte d'abord vne Deuiſe,
& le moyen, ou d'empeſcher, ou de dé-
couurir le larcin d'vne choſe ſi petite.
Sa petiteſſe pourtant (vous le ſça-
uez mieux que moy Meſſieurs) ne
diminuë rien de ſon prix, & l'on peut
dire des Deuiſes, ce qu'Ariſtote a dit
des principes & des ſemences des choſes, qu'elles ſont petites en Maſſe,
mais grandes en operation, & en vertu. Car certes, bien que la Deuiſe
ne ſemble d'abord qu'vn jeu du Pin-
ceau & de la Plume, c'eſt pourtant
vne inuention de plus grande conſe-
quence qu'elle ne le paroiſt. Elle reduit
pour ainſi dire, vne grande abondance de ſens en petit volume, comme vne

groſſe ſomme en peu d'eſpeces, & vn
Riche treſor en vne ſeule Pierre pre-
cieuſe. C'eſt vn ſpectacle & vne lec-
ture tout enſemble, qui fait de longues
leçons en vn moment, qui les fait en-
trer dans l'Ame par les yeux & par
les oreilles en meſme temps, & inſtruit
l'Eſprit en diuertiſſant les deux ſens
les plus nobles tout à la fois. Ce n'eſt
pas à la verité vn de ces coulans diſ-
cours d'Athenes, qui perſuadent à
force de parler ; mais c'eſt vne courte & piquante parole, de Lacede-
mone, qui perce, & qui penetre iuſ-
qu'au cœur, auant preſque qu'elle ſoit
acheuée de prononcer. Ce n'eſt pas vne
grande & peſante Maſſe d'or ; mais
c'eſt vn grain de poudre de projection,
qui peut plus enrichir ſon poſſeſſeur,
que toute vne miniere des Indes. Auſſi pour y reüſſir heureuſement, ny vn

EPISTRE.

ſçauoir commun, n'y vne mediocre industrie ne ſuffiſent pas, il faut ioindre la chaleur d'vne belle imagination, à la froideur d'vn iugement profond & ſolide, vn eſprit vif & brillant, auec vne memoire pleine & chargée de toutes ſortes d'idées, des diuerſitez de l'hiſtoire & de la fable, des fineſſes des langues, des ſecrets de la Philoſophie, de la Poëſie & de l'Eloquence. C'eſt vn genre d'ouurage tout myſterieux, qui aſſemble ce que tous les autres ont de plus beau, ſans en retenir les imperfections, car on y joint l'obſcur & l'intelligible, le commun & l'ingenieux, le docte, & le populaire, le fort & le delicat ; Il tient du Chiffre, de l'Enigme, de l'Embleme, & de l'Oracle, ce qu'ils ont de curieux, de ſecret, & de diuin ; mais il n'en affecte, ny l'ambi-

guité, ny les tenebres. Il participe à
toutes les beautez de l'Allegorie, &
de la Parabole, mais il n'en a ny la
longueur, ny la langeur, on y void
le merueilleux de l'Apologue, & de
la Fable, mais non pas l'incroyable ny
la simplicité de l'vn & de l'autre.
Apres cela, Messieurs, ie pense assez loüer Monsieur de Boissiere en
peu de mots, quand ie dis, que s'il
a tres-bien donné les Reigles d'vne
chose si difficile, il les a encore mieux
executées, & a surpassé ses preceptes
par ses Exemples. Vous trouuerez
dans ce Liure de toutes sortes de Deuises, & afin qu'il n'y en manquast
de pas vne espece, i'y en ay fait ad-
jouster à la fin quelques-vnes, que
i'appelle Burlesques ; prises de certains Characteres Satyriques tres-in-
genieux qu'il a faits autresfois; Com-

me *le* Mamurra, ou Parafite Pedant ; le Thrafon, ou Faux-braue ;
*Et quelques autres femblables, ainfi
i'ofe dire hardiment, de ce volume,
tout petit qu'il eft, qu'à peine y pour-
roit-on rien adjoufter pour le rendre
plus parfait ; Si ce n'eft, Meffieurs,
cette force & cette grace, que vous
fçauez fi bien adjoufter aux chofes,
lors que vous en oftez les foibleffes
& les deffauts. C'eft ce qui a obligé
Monfieur de Boiffiere à inuenter depuis peu pour voftre celebre Com-
pagnie, la Deuife d'vne lime auec
ce mot,* Addo dum detraho, *&
qui l'oblige à fouhaitter auec paffion
de profiter des aduis de l'Academie,
comme il a déja fait de ceux de quelques Academiciens. Quoy qu'il en
foit, Meffieurs, il eft refolu de iuger
de fes Deuifes comme l'Aigle de fes*

EPISTRE.

petits, & de ne reconnoiſtre pour legitimes, que celles qui pourront ſuppor-
ter l'éclat de voſtre lumiere. Hors
d'elle il n'y a qu'vne nuit eternelle
pour tous les Liures du temps, & on
peut bien les imprimer ; mais non pas
les mettre au iour, ſi vous ne les ho-
norez de quelque regard fauorable.
C'eſt, Meſsieurs, ce que i'auois à vous
proteſter de ſa part : Pour moy ie croy
luy deuoir beaucoup de ce qu'il a voulu me donner vn employ, ſi obligeant,
& vne ſi belle occaſion de vous teſmoigner que ie ſuis, auec vn profond
reſpect,

MESSIEVRS,

Voſtre tres-humble, & tres-
obeïſſant ſeruiteur, F. B.

LETTRE
DE MONSIEVR
SERVIENTIS
A MONSIEVR
CHAPELAIN,
Sur vne des Deuifes, de
Mr de Boiffiere.

ONSIEVR,

Ie fuis obligé d'vne obligation in-
difpenfable, puis qu'il s'agit de ren-
ë

LETTRE

dre témoignage de la verité, de vous
faire souuenir que i'ay l'honneur de
vous connoistre, & peut-estre d'estre
conneu de vous. La memoire de celuy
qui me le procura, qui fut Monsieur
de Vaugelas, m'est trop chere &
trop precieuse pour l'oublier, outre &
pardessus l'estime que i'en dois faire.
Sur ce fondement que ie pose, pour
donner quelque poids à ce que i'ay à
vous dire, & couurir la liberté que
ie prends de m'ingerer officieusement
à deffendre le bien d'vn amy qu'on
luy veut rauir aupres de vous, ie
vous diray, Monsieur, qu'ayant
veu entre les mains de Monsieur
Boissiere ce grand Genie des Deuises, duquel sans doute, vous auez
ouy parler, vne Lettre de Monsieur
de Pellisson, par laquelle, apres plusieurs belles & iudicieuses remar-

ques, dont elle est pleine ; il luy dit,
que cette Deuise excellente qui fut
faite sur la disgrace de la feu Reyne Mere, De my cayda, my candor, auoit passé iusqu'à present,
pour estre de Monsieur de Porche-
res ; l'ay creu en conscience vous
deuoir asseurer, pour m'estre trouué
à sa production, & en auoir esté
par maniere de dire le Parrain, par
le sujet que i'en fis naistre à la
veuë de l'escluse d'vn Moulin, il
y a enuiron trente-cinq ans lors
de la disgrace de la feu Reyne Mere, que c'est Monsieur de Boissiere qui en est le veritable Pere, &
que si cela n'estoit, il n'est pas homme à se l'attribuër. Il en a fait assez d'autres pour establir sa repu-
tation sur cette matiere, sans qu'il

ĕ ÿ

fût befoin d'y regarder de fi prés.
Mais il me femble que la finceri-
té auec laquelle il a accouftumé d'a-
gir en toutes chofes, courroit quelque fortune, s'il vous demeuroit tant
foit peu d'impreffion du contraire;
Et que ie ne ferois pas vn petit peché de dètenir cette verité en injufti-
ce, la fçachant comme ie la fçay.
Ie croirois qu'il y auroit moins de
confcience de luy voir voler fon bien,
fans rien dire, que de me taire fur
le vol qu'on luy veut faire d'vne
chofe fi delicate , qu'eft l'honneur
qu'vn chacun doit recevoir des pro-
duêtions de fon efprit. C'eft pourquoy i'ay voulu m'addreffer à vous,
MONSIEVR, qui en eftes
conftitué l'Arbitre, & neantmoins
pour n'oublier pas mes propres affai-

res, en faiſant celle des autres, vous
aſſeurer que ie ſuis auec paſsion,

MONSIEVR,

Voſtre tres-humble, & tres-
obeïſſant ſeruiteur.
SERVIENTIS.

A Toloze ce dix-huictieſme
Decembre 1653.

TABLE
DES CHOSES
CONTENVES EN
CE LIVRE.

Table des Choses

DEVISES BVRLESQVES.

TRAICTE'

TRAICTE'
DES
DEVISES.

L A Deuife fe definit fe-
lon les regles de l'art :
vne peinture de certains
corps legitimes, animez
de peu de mots, pour reprefenter
quelque action, ou paffion.

l'ay dit *peinture*, quoy qu'elle
puiffe eftre grauée, ou taillée ; parce que d'ordinaire les Deuifes font

A

peintes dans les maisons, ou sur les
escus des grands hommes.

l'ay dit *de certains corps legiti-*
mes, parce que toute sorte de corps
n'y sont point receus, comme les
corps humains, les membres mu-
tilez, certains animaux qui peuuent receuoir vne mauuaise signi-
cation : les instrumens des mestiers
trop abjets, & beaucoup d'autres
corps dont ie parleray cy apres.

l'ay dit animez de peu mots, parce que le mot y doit estre court, &
ne surpasser pas trois paroles, ou
cinq pour le plus.

l'ay dit *ponr representer quelque*
action, ou passion, parce que c'est
le vray sujet d'vne Deuise qui n'a
esté introduite qu'à cét effet.

Les Deuises donc que les Italiens
appellent *imprese,* & les Latins *sim-*

bola, font compofées d'vn Corps &
d'vne Ame, le Corps eft la chofe
peinte ou grauée, l'Ame eft le mot;
de ces deux chofes fe fait vn corps
animé, reprefentant, ou vne paffion
prefente, ou vne action paffée, ou
vn deffein pour l'aduenir. Les Italiens ny admettent point les actions
paffées, parce, difent-ils, qu'elles
font le fujet d'vne Medaille, & non
d'vne Deuife ; mais ie ne fuis pas
de leur aduis en cela, & tiens que
les actions paffées peuuent eftre
marquées par des Deuifes, dont
nous auons plufieurs exemples parmy les anciens ordres des Cheualiers, comme celuy de Sauoye de
l'Anonciade, en ces mots, F.E.R.T.

Fortitudo eius Rhodum tenuit.
Et celuy d'Angleterre de la Iarre-
tiere.

A ij

Honny soit qui mal y pense.

Car l'vne & l'autre de ces Deuises marquent des actions passées.

Or pour les Corps, il faut qu'ils soient aisez à representer, car qui auroit pour Deuise vn poisson dans l'eau, ou vn chat dans vn sac, ou vn ciron, ou vn grain de millet, seroit ridicule, & celuy qui fit la deuise d'vn diamant brut, auec ce mot.

Dum formas minuis,

N'estoit pas excusable, puis qu'vn diamant brut n'est point connoissable dans la peinture, & qu'on ne sçauroit discerner si c'est vn caillou, ou vn diamant.

Il ne faut pas aussi qu'ils soient si rares qu'ils ne puissent estre connus de la pluspart du monde, ou pour le moins de ceux qui ont quelque legere teinture des let-

tres, & l'on se mocque de ceux
qui prennent pour deuise quelque
plante qui n'a esté connuë que de
Matheol, ou de Dioscoride, &
pour laquelle discerner il faudroit
consulter l'Histoire naturelle de
Pline ; comme de celuy qui prit le
Spica nardi pour sa deuise, qui est
vn simple qui vient du Leuant, &
que nous ne connoissons presque
point.

Il n'y faut donc pas de ces plantes qui ne croissent pas parmy nous,
& que nous ne puissions auoir veuës
quelquefois, ou pour le moins de
qui nous ne puissions auoir ouy
parler, à cause de quelque rare, &
apparente proprieté, comme seroit
la Lunaria qui iette des rayons au
clair de la Lune, parce que cette ex-
celléte qualité la rend remarquable.

A iij

Il faut encore que les Corps y
foient peints, faifans quelque action qui leur foit propre, & non
forcée, ny chimerique, comme aux
Enigmes : ainfi vn Lyon tenant
vne efpée nuë entre fes griffes, en
action de s'en feruir, ny feroit pas
receu, ny non plus vn fanglier à
cheual , vne truye filant, ou vn
bœuf courant la bague, c'eft cette
raifon qui m'a fait condamner la
deuife d'vn Admiral de France, qui
eftoit vn Aigle portant vn ancre au
pied, auec ce mot,

Feftinanter propero.

Car qui a iamais veu vn Aigle portant vn ancre au pied. Mais ce que ie
dis n'aura pas lieu fi le Corps eft pris
des Fables : comme l'Aigle portât la
foudre de Iupiter, le cheual aiflé de
Perfeus, ou l'hydre à plufieurs teftes.

Il faut encore que les Corps foient
pris des chofes qui font les plus nobles en la nature, comme des aftres,
ou figures Celeftes : des Meteores
des Fleurs, des Arbres, des Plantes
celebres, des Animaux nobles, des
Inftrumens des meftiers honeftes;
car qui prendroit des meftiers vne
lardoire, des eftrilles, ou vne firin-
gue pour corps de deuife; ou entre
les animaux vn pourceau, vn afne,
vn oyfon ; ou entre les plantes vn
chardon, vn chou, vne raue me-
riteroit d'eftre fiflé, ainfi n'a-t'on
iamais approuué cette deuife d'vn
Roy de Nauarre, vn chardon auec
ce mot,

Nul ne s'y frotte.
Ny celle de ce fidele feruiteur, qui
pour dire qu'il ne fe lafferoit iamais
de feruir fon maiftre, prit pour de-

A iiij

uife vn Cheual alezan bruflé, auec
ce mot,

Antes muerto que canfado.

Si ce n'eft qu'on prenne ces deuifes pour quelque Mafcarade, dont
le deffein foit burlefque.

Il faut encore que les chofes
peintes ne paffent pas le nombre de
trois, & que s'il y a trois chofes
peintes, ou differentes, ou femblables, leurs fignifications concou-
rent à vn mefme fens, comme les
trois Couronnes en la deuife de
Henry III. auec ce mot,

Manet ultima Cœlo.

Que s'il y a plufieurs corps enfemble, furpaffans le nombre de
trois, il faut que ce foit pour reprefenter vne feule chofe, comme
plufieurs arbres, pour reprefenter
vne foreft ; plufieurs abeilles pour

reprefenter vn effain, ou plufieurs
Eftoilles, pour reprefenter le Ciel.

Il n'y faut point de corps humains,
fi ce n'eft qu'ils reprefentent quelque Diuinité, auquel cas on les per-
met feulement fans les loüer, fi bien
que c'eft côme vne licence de prendre pour deui fe, ou vn Hercule, ou
vn Apollon, ou vn Cupidon.

Par la mefme raifon les corps humains y font aufli receus, lors qu'ils
font diftinguez des autres par quelque marque vniuerfellement connuë, comme vn Negre, vn Nain, vn
Geant, vn Diable.

Ainfi cette deuife paffa pour bonne, qui fut portée au combat de
Barriere des Cheualiers de Thrace,
dont le corps eftoit vn Negré ado-
rant le Soleil qui le brufle, & ce mot,

Adoro quien me quema,

Comme auſſi celle de cét amoureux deſeſperé, qui portoit en deuiſe vn Diable, auec ce mot,

Ni mas perdido, ni menos arrepentido.

Les membres tronquez, ou mu-
tilez en ſont tout à fait bannis;
comme vn bras, vn pied, vn œil,
vn cœur, vne patte, vne teſte: car
outre que ces choſes mettent de
mauuaiſes repreſentations en l'i-
magination de celuy qui les re-
garde, ce qu'on doit ſur tout éui-
leurs; elles ſont bien-ſouuent in-
terpretées en ſens ridicule: comme celuy qui prit pour deuiſe vn
cœur ſur des charbons allumez, fut
accuſé d'auoir pris vne carbonade
pour deuiſe, & celuy qui prit pour
deuiſe vne main tenant vne eſpée,
ſembloit nous repreſenter la main
de quelque parricide, qui venoit

d'eftre coupée par le Bourreau, &
ainfi des autres.

Des corps qu'on met aux deuifes, il en faut prendre la qualité la
plus eminente & la plus propre,
comme de l'Hirondelle celle qu'elle
a d'amener le Printemps, ou de
rendre la veuë à fes petits, & non
pas la viteffe de l'aifle, ny l'amour
qu'elle a pour fes petits, parce que
fes qualitez luy font communes
auec la plufpart des autres oyfeaux.

Il faut, s'il fe peut, prendre de
ces corps le propre qui conuient à
l'efpéce feule & toûjours, comme
d'vn Bafilic, la proprieté qu'il a de
tuer d'vn regard, ou bien celuy qui
conuient à leur efpece feule, encore que ce ne foit pas toûjours; comme du Loup la proprieté qu'il a
d'ofter la voix, ou pour le moins

celuy qui leur conuient toûjours, encore qu'il ne conuienne pas à leur seule espece : comme au Faucon de viure de rapine. De la premiere sorte de propre qui s'appelle dans l'Escole *quarto modo*, se forment les excellentes deuises, & de la derniere les moins bonnes.

Il faut encore éuiter que les corps qu'on prendra ne puissent receuoir aucune signification, ou contraire au dessein de l'Autheur, ou ridicule, ou qui puisse estre interpretée en mauuaise part contre celuy qui la portera, comme celuy qui prendroit pour sa deuise vne Gruë, pour témoigner sa vigilance, reüssiroit mal en son dessein, parce qu'vne Gruë est bien le symbole de la vigilance, mais aussi est-elle marque de sottise, en ce qu'ordinairement nous appellons Gruës les sots.

Mais sur tout pour faire vne parfaite deuise il faut choisir des corps qui puissent estre representez en bronze, & en pierre, & qui sans l'aide des couleurs se rendent connoissables à tout le monde; particulierement aux deuises des Roys: Comme la Salamandre de François premier : celles - là sont à mon aduis les parfaites, les autres ne laissent pas d'estre bonnes, mais elles le sont moins.

Voila en partie ce qu'il faut obseruer aux choix des Corps des deuises. Parlons maintenant des Ames qu'on leur donne.

Les mots qui sont les Ames des deuises doiuent estre courts; comme le *Plus vltra* de Charles-Quint, & s'il se peut ne doiuent pas sur-

paſſer la moitié d'vn Vers , au
trement ils ſont vicieux : vn Ver
entier donne dans l'excés ; & il
n'y a que les Eſpagnols qui en mettent vn, deux, & trois à leurs Deuiſes.

Pour ce qui eſt du nombre im-
pair , que quelques-vns veulent
qu'on obſerue au nombre des paroles, c'eſt vne ſuperſtition en l'art
des Deuiſes.

Souuent en ces mots il faut ſous-
entendre le verbe, qui s'entend aſſez par l'action qu'on fait faire aux
corps de la Deuiſe, & ils en ont
meilleure grace, comme ce mot en
la deuiſe d'vn grand perſecuté par
ſes ennemis , vn feu r'allumé par
deux vents contraires.

Clarior aduerſis.

Il ne faut pas nommer au Mot

ce qui fait le Corps de la deuiſe.
I'en ay veu pluſieurs qui manquent
en cecy, & celuy qui portoit pour
deuiſe vn Lyon, tenant vn Sanglier
ſous luy, auec ce mot,

Satis eſt proſtaſſe Leoni.

S'il euſt ſceu les Loix des deuiſes, euſt retranché ce mot, *Leoni*,
comme ſurabondant. Ce n'eſt pas
qu'on ne puiſſe nommer quelque
partie des choſes qui ſont peintes en
la deuiſe, comme d'vn Soleil les
rayons, d'vn arbre fleury les fleurs,
d'vn oyſeau les aiſles, mais cela s'entend pourueu que ce ne ſoit point
les propres Corps de la deuiſe, &
qu'ils n'en faſſent que partie.

Si on peut prédre les mots de quelque fameux Autheur, côme de Virgile, ils en ſeront meilleurs que s'ils
eſtoient de noſtre inuention, côme.

Quorum pars magna fui
Quo me fata trahunt
Non deficit alter.

Et beaucoup d'autres qui ont esté mille fois employez à cet vsage.

Il faut que les mots soient en langue Latine, ou estrangere, mais principalement Latine s'il se peut: cette langue y estant plus propre que les autres, comme plus fertile & plus vniuerselle. La langue Grecque, n'y l'Hebraïque ny doiuent pas estre receuës selon mon sentiment, parce qu'il y a peu de personnes qui les entendent, ou qui mesme les sçachent lire, les deuises n'ayant iamais esté faites, pour n'estre entenduës que des grands Docteurs seulement, à qui ces deux langues sont connuës.

Quand la langue Latine ne peut assez

aſſez bien exprimer le ſens d'vne
deuiſe, il faut auoir recours à l'I-
talienne, ou à l'Eſpagnole, qui entre les langues vulgaires ſont les
deux ſeules qu'on doit receuoir
aux mots des deuiſes, & principalement aux tournois, aux maſca-
rades, & aux deſſeins amoureux,
parce que ce ſont les deux plus fa-
milieres, & plus connuës aux Caualiers, & aux Dames.

　　Les mots François n'y ſont gue-
res receus que par la licence, &
lors qu'ils ſe ſouſtiennent, ou par
la richeſſe d'vne rime, ou par la
beauté d'vne alluſion, comme

　　Ny m'atteindre, ny m'eſteindre;
　　Ou l'Amour, ou la mort.

Parmy les autres nations, parce
que noſtre langue y eſt eſtrangere,
elle eſt receuë aux mots des deuiſes.

　　　　　　　　　　　　　B

Il n'y a point de necessité que les mots ayent la cadence, ou la forme d'vn demy Vers ; par exemple en la deuise de cette Veufue, qui pour marquer la douleur qu'elle ressentoit de la mort de son mary, fit peindre sur son tombeau la Reglice, de qui la racine est tres-douce, & la tyge amere, auec ce mot.

Dulce meum terra tegit.

Le mot n'est ny Vers, ny n'en à la forme, & ne laisse pas pourtant d'auoir fort bonne grace.

Les mots qui se soustiennent par l'allusion sont les meilleurs, comme,

Efferar, aut Referam
Deficiam, aut Efficiam
De lardore lardire

Si la consonance s'y trouue les mots en sont plus gentils, comme en la deuise du Porc-Espy, ce mot,

Cominus, & Eminus.

Quelquefois la repetition d'vn
mesme mot pour l'appliquer à vne
signification contraire, ayde beaucoup à la grace d'vne deuise; cõme
en celle-cy, vn Phenix, & ce mot,

Morir, por no Morir.

L'equiuoque y est vn vice, quand
la pensée ne se soustient, que par
là; on se moque de celuy qui portoit vne poire pour deuise, qui s'appelle *pera* en Espagnol, auec ce
mot,

Espera.

Qui signifie *c'est vne poire*, &
veut dire aussi *espere*, & ne peut-
on receuoir que les equiuoques, de
qui l'vn & l'autre sens seruent au
dessein de ceux qui les prennent,
comme en cette deuise d'vn Fauo-
ry. Vn dard, auec ce mot,

Confequitur quodcumque petit.

C'eft vne allufion au dard de Cephale, à qui rien ne refiftoit, & l'equiuoque eft en ce mot *petit*, qui fignifie, *il frappe*, & *il demande*, fi bien que ce mot veut dire, *il obtient tout ce qu'il demande*, & *il frappe tout ce à quoy il tire.*

Il fe faut encore garder de ne tomber pas en l'inconuenient ou font tombez quelques-vns; qui ont fait dire feulement au mot ce que le corps fait en la peinture, & ont creu auec cela auoir rencontré; comme qui auroit pour deuife le Mont Etna brûlant, & ce mot,

Ardo.

Ce ne feroit rien dire, fi ce n'eft que ce fut comme en l'ancienne peinture, où les Peintres peignoient les chofes fi groffierement, qu'il faloit qu'ils eſcriuiſſent au bas du Tableau ce qu'ils auoient eu inten-tion de peindre.

Il faut donc faire dire aux mots des deuiſes quelque choſe de plus que ce qui eſt repreſenté, autre-ment il ne ſeroit pas beſoin d'y ad-jouſter des paroles ; & pour la per-fection des deuiſes il ſeroit à deſi-rer que les mots ne diſſent rien du tout de ce que la peinture repre-ſenteroit, mais bien quelque cho-ſe qu'on ne pût pas conceuoir ſans l'aide & le ſecours des paroles. Comme en cette parfaite deuiſe d'vn grand Maiſtre de l'Artillerie, qui eſt en l'Arcenal de Paris, l'Ai-gle de Iupiter portant la foudre, & ce mot,

Quo iuſſa Iouis.

Où le mot ne dit pas que l'Ai-

gle porte la foudre, ny qu'elle la
lance, ny rien de ce qu'elle repre-
sente en la peinture, mais quelque
chose de plus ; & c'est celle-là que
ie voudrois donner pour modelle.

Reste à dire ce qu'on doit faire
parler dans la deuise, ou le corps de
la deuise, ou celuy qui la porte, ou
vne tierce personne ; or par mon
aduis on peut faire parler les deuises en toutes ces trois façons, de-
quoy il y a plusieurs exemples, comme De la premiere, la deuise du saffran, auec ce mot,

Calcata viresco.

Ou le saffran qui est le corps
de la deuise parle.

De la seconde sorte ; vn Bouclier,
où le temple de l'honneur estoit
peint, auec ce mot,

Efferar, aut referam.

C'eſtoit pour vn Caualier qui alloit à la guerre, auec deſſein d'y
eſtre porté au tombeau, ou d'en
rapporter de l'honneur : en celle-
cy, celuy qui porte la deuiſe parle,
& non le corps de la deuiſe.

Pour la troiſiéme ſorte, ou l'on
fait parler les tierces perſonnes ;
l'Aigle tenant ſes petits ſous ſes
aiſles, pour la Reyne Mere Marie de
Medicis, du temps de ſa Regence,
le mot,

Regit virtute minores.

Les deuiſes qui parlent en la premiere ſorte ſont les meilleures,
pourueu qu'on prenne garde que
s'il y a deux ou trois corps diffe-
rens on faſſe parler celuy qui tien-
dra plus de place en l'eſcu ; car ſi
on faiſoit parler le moindre, ce ſeroit vn vice ; comme ſi en la deui-

B iiij

ſe dont le corps eſtoit vne biche,
ayant vne fleſche attachée à ſon
coſté, on faiſoit parler la fleſche,
& non la biche, & qu'on y mit
pour mot.

Hæreo lateri.

Cela ſeroit obſcur, & vicieux.

Voila en partie ce que i'ay obſerué en l'art de faire des Deuiſes,
qui n'eſt connû que de peu de perſonnes, & qui par conſequent ſe
trouue mépriſé du plus grand nombre : Ie ne vous donne pourtant
pas tous ces froids raiſonnemens
pour des deciſions & pour des loix,
car ie n'ay pas aſſez de vanité pour
pretendre à la qualité de Legiſla-
teur, i'ay meſme obſerué de ne
donner pour exemple & pour mo-
dele que celles de la main d'autruy,
me reſeruant à faire voir en vn re-

cueil feparé vne partie de celles qui
font de ma façon.

DE CE QVON PREND
improprement pour Deuife.

APRES auoir dit dans le
Traiété precedant, ce que
c'eft que Deuife, il me femble que
ie dóis expliquer ce qu'elle n'eft
pas ; c'eft à dire monftrer la diffe-
rence qu'il y a entre les Deuifes, &
les Emblemes, Enigmes, Hyero-
gliphes, reuers de Medailles, In-
fcriptions, Chiffres, rebus de Picardie, Armoiries, & Cris de bataille, à qui la plufpart du monde
donne improprement le nom de
Deuifes. En Embleme, toute forte de corps font receus, comme

font les corps humains, les beftes
à quatre pieds, les oyfeaux, les
poiffons, les ferpens, pourueu qu'ils
y foient peints en vne pofture qui
leur foit naturelle : car fi on pei-
gnoit vn Lyon volant, ou vn Taureau efcaladant vne tour, ces figures tiendroient de l'Enigme, & fe-
roient vn vice en l'Embleme, dont
la fin eft de dóner des enfeignemens
moraux par le rapport des chofes
qui tombent d'ordinaire fous nos
fens. En cela Alciat a quelquefois
failly ; comme lors qu'il met vn fer-
pent qui fe mord la queuë ; ou vn
homme ayant vne main aiflée. Ce
que ie viens de dire s'entend fi ce
n'eft que cette forte de corps fe
trouue dans les Fables, comme des
Sirenes moitié femmes moitié poiffons, vn Icare volant, vn Cerbere

à trois teftes, & autres femblables:
Les paroles qu'on y adjoufte peuuent eftre *auffi* eftenduës qu'on
veut, & doiuent décrire ce qui eft
peint en l'Embleme, & ce qu'il fignifie : comme auffi les corps y
peuuent eftre en tel nombre qu'on
veut, pourueu qu'ils y foient peints
faifans quelque action dont la fi-
gnification foit morale, & aifée à
entendre.

En l'Enigme toute forte de corps
peuuent eftre receus. Les corps
chimeriques, & ceux qui font mis
hors de leur affiete naturelle & ordinaire y font vne partie de la grace, & l'obfcurité du fens en eft l'a-
me. Que fi l'on y met des paroles,
ce n'eft que pour décrire la peinture, & non pas pour l'expliquer ; les
exemples en font familiers dans les
Efcoles.

En l'Hyerogliphe dont l'inuention a esté tirée des Egyptiens, toute sorte de corps sont receus comme en l'Embleme, mais ces corps
ne sont que pour en denoter ou si-
gnifier d'autres : comme vn Soucy
qui signifie le Soleil, à cause du
tour qu'il fait auec luy, ou pour representer les choses considerées en
elles-mesmes, sans estre attachées
à quelque sujet : comme la Iustice
est signifiée par des balances, la liberté par vn bonnet rond, & l'an-
née par vn serpent qui se mord la
queuë. Si bien que les Hyerogli-
phes ne tendent pas à denoter les
actions, ou passions particulieres
de quelqu'vn, comme les Deuises,
seulement ont-ils esté inuentez
pour seruir de characteres à la religion des Anciens, sans estre ac-

compagnez d'aucun mot pour les
expliquer.

Au Reuers de Medaille, les mef-
mes corps y font receus qu'on met
en l'Embleme , & en l'Hyerogliphe : les Dieux , les Deefles , les
Temples, les Inftrumens des Sacri-
fices , les Couronnes , les Chars de
Triomphe y eftoient plus ordinaires que tous autres corps. Et le
Prince pour qui la Medaille eftoit
faite, y faifoit mettre la marque,
ou de quelque victoire emportée,
ou de quelque vertu heroïque, dont
il vouloit eftre loüé, le mot y doit
eftre mis, non pour adjoufter aux
chofes reprefentées ; comme en la
Deuife , mais feulement pour les
expliquer, & dire leur deffein.

En l'infcription il n'y a que des
paroles, elle ne reçoit point de

corps, les mots y doiuent eſtre pre-
cis & choiſis, & elle eſt ennemie
des pároles ſuperfluës. Son ſujet,
principal eſt la Dedicace des Temples, & des Monumens.

Au chiffre, il n'y a point d'autre corps, n'y d'autre ame que cer-
taines lettres, ou ſeules, ou accom-
pagnées pour ſignifier quelque deſſein amoureux, ou marquer le nom
d'vne Maiſtreſſe.

Au Rebus de Picardie, la peinture fait tout, ſi ce n'eſt qu'on y ad-
jouſte quelque lettre, ou quelque
ſyllabe quand la peinture ne dit pas
aſſez. L'vſage en eſt aſſez ridicule,
& n'eſt propre que pour les Enſei-
gnes des Logis. L'Autheur des Bi-
garreures en a fait des leçons en-
tiéres : ie vous renuoye à luy pour
les exemples, ſeulement diray - ie

que parmy les Espagnols la pluspart des deuises en sont composées.
Comme estoit la deuise d'vn amoureux qui portoit en deuise vne
mauue ; qui s'appelle *malua* en
Espagnol, auec ce mot, *de mis amo-*
res, pour dire, *mal va de mis amores.*
Ou cét autre qui portoit vn petit
canard en deuise, qui s'appelle en
langage du païs *anadino*, c'estoit
pour vne fille qui se nommoit Anne, qu'on vouloit marier auec son
Riual, & le mot estoit *anadino*, c'est
à dire, *Anne d'y n'enny à celuy qui*
te recherche.

Aux Armoiries, les corps humains n'y sont point receus, quoy
qu'il se soit trouué de vieux Cheualiers qui portoient en leurs armes vn homme à cheual armé de
toutes pieces ; que le Roy de Po-

logne mefme porte aujourd'huy:
mais cét exemple n'empefcheroit
pas qu'vn Roy d'armes ne tint pour
fauffes des armoiries femblables fi
quelque Gentilhomme les prenoit
fans permiffion du Prince, & fans
quelque legitime excufe.

Les Armoiries ne reçoiuent que
cinq couleurs : gueules, azur, fino-
ple, fable, & pourpre, ny que deux
metaux, or, & argent, on n'y peut
porter couleur fur couleur, ny metal fur metal ; la plufpart des Armoiries ne fignifient rien, & ne
font portées par les Cheualiers que
pour les diftinguer les vns des autres aux batailles : comme font
Pauls, Cotices, Bandes, Barres,
Vair, Lambeaux, & tout cela n'eft
point accompagné d'aucun mot,
comme les Deuifes, fi ce n'eft que
quel-

quelquesfois on en mette au Ci-
mier.

Au Cry de bataille, il n'y a que
des paroles prises de quelque ren-
contre, ou bataille memorable, ou
action celebre : les Princes le don-
nent à ceux qui l'ont merité, comme les Armoiries. Son inſtitution
ne fut que pour s'entre-reconnoi-
ſtre en vn combat lors que les Cheualiers auoient la viſiere baiſſée :
Ainſi le cry de la Maiſon de Montmorency eſtoit : *Ayde Dieu au premier Chreſtien.*

Aux mots que les Eſpagnols appellent *Letreros,* il n'y a point de
corps, les ſeules paroles y ſont receuës, comme *antes muerta que
mudada,* dans la Diane de Monte-
Major.

C

De tout cecy vous pourrez con-
noiſtre que toutes ces choſes n'ont
aucun rapport, ny aucune reſſem-
blance auec les Deuiſes.

DEVISES
CHOISIES,
de l'inuention de l'Autheur.

DEVISES CHRESTIENNES.

POVR vne illustre Reli-
gieuse de saincte Ca-
therine de Sienne, vne
Couronne d'espines, &
le mot,

Per quam regnat amor.

Pour vn homme du monde qui
auoit changé de vie, & estoit dans
vne retraite tres-deuote. Vne ente
fleurie, auec ce mot,

Viuo ego, iam non ego.

Pour vne Confrerie de Pénitens.

C ii

Vn Phœnix renaiſſant de ſa cendre, auec ce mot,

In Cinere immortalitas.

Pour l'Image d'vn Crucifix, l'arbre du baume, du tronc duquel entamé en pluſieurs endroits, découle ſa liqueur dans des vaſes, & le mot,

Cuius vulnera noſtra ſalus.

Pour l'Image de la Vierge, vn Soleil ſortant du ſigne de la Vierge, & le mot,

Poſt partum ſolem ſemper Virgo.

Pour la meſme, vn Cedre dont anciennement on faiſoit les Images des Dieux, à cauſe de ſon incorruptibilité, le mot eſt,

Ab hac ſtirpe Deus.

Pour le Sepulchre de Ieſus Chriſt, ce mot,

Vita noſtra incunabulum.

Pour l'Image de la tres-saincte Trinité. Les trois Soleils, ou Parelies qui paroissent quelquefois dans le Ciel, non iamais en plus grand, ny moindre nombre, auec ce mot.

Et hi tres, vnum sunt.

Pour le Tabernacle de l'Autel du saint Sacrement, vn Lyon ayant la teste couuerte d'vn voile blanc, & le mot,

Sub hoc mitescit amictu.

Deuises, & Inscriptions d'vne Maison des champs, qui estoit la retraicte d'Adraste.

SVr la porte de la maison il y a vne tortuë peinte, auec ce mot,

Ne te quæsieris extra,

Ou bien,

Tecum habita.

Pour donner à entendre que le
sage ne se doit point chercher hors
de luy mesme.

Sur la porte de la sale, il y a
vne Lune en conjonction, & qui
en ce point-là ne luit iamais vers la
terre, le mot est,

Obscura solo quæ fulgida cœlo.

Dans la sale sont les Deuises, des
âges de l'homme.

L'enfance representée par vne
jeune fille dans le berceau auec sa
Nourrice qui le berce, le mot est,

Quærit nascendo in motu quietem,

L'adolescence representée par
vne fille déja bien grande, auec vn
fuzeau en main, & vn deuidoir
tout auprés qui tourne toûjours, &
ce mot,

Vincula acquirit eundo.

La jeuneſſe repreſentée par vne femme aiſlée, & courant apres vne ampoule de ſauon qui vole, & ce mot, *Inſtat propter inſtans.*

L'âge viril repreſenté par vne femme homaſſe toute en ſüeur, fouiſſant la terre, & le mot,

Fodit ſibi quiſque ſepulchrum.

La vieilleſſe repreſentée par vne vieille aux yeux chaſſieux, ſe mirant dans vn miroir auec de grandes lunettes,

Se neſcit, dum ſeneſcit.

La decrepitude repreſentée par vne vieille decrepite, aſſiſſe ſur vn Tombeau, auec ce mot,

Hic terminus haret.

Tous ces Tableaux ſont accompagnez de choſes qui conuiennent aux diuers âges de l'homme.

Au bout de la sale sont peintes
les richesses du Dieu Plutus, & tous
les thresors de Mydas, & ce mot,

Video, nec inuideo.

Sur la porte de la chambre il y a
vn Mont Olympe, portant la teste
si haut que les vents ny peuuent
atteindre, & vn Autel au dessus,
auec ce mot,

Immota tranquillitas.

Pour dire qu'il estoit au dessus des
enuies, & des reuers de fortune.

Sur la cheminée de la chambre
sont ces Deuises.

Au milieu dans vn quadre, il y
a vn Soleil couchant couuert de
nuages, auec ce mot,

Qualis oritur, talis moritur.

A la main gauche vn serpent, qui
tourne la teste vers la queuë, faisant
vn cercle, & le mot,

Dum finem spectat
Finem non habet.

Pour dire que le Chreſtien en penſant à ſa fin, ou à la mort, deuient infiny, ou immortel.

A la main droicte vn autre ſerpent, faiſant vn cercle, en ſe tournant vers la queuë, & ce mot,

Prudens ſic reſpice finem.

Sur la porte de ſon cabinet il y a vne choüete peinte, qui eſt le ſymbole de la vigilance, & pour cette raiſon eſt dediée à Minerue, Deeſſe des Sciences, & le mot,

Mineruam vigilando cole.

Au dedans de ſon cabinet dans vn quadre de la cheminée il y a en deuiſe, vn Aigle dans la haute region de l'air, & au deſſus des vents, & des tempeſtes, ſe guindant vers le Ciel, & le mot, *Ocius in otio.*

DEVISES

DE L'ENTRE´E
du Roy à Tolofe,
en l'An 1621.

ENTRE´E du Roy Louis XIII. à Tolofe, au mois de Nouembre 1621. euſt pour deſſein ſept Arcs triomphaux, qui auoient chacun pour dedicace vn des ſept Planetes, ou des ſept Diuinitez, dont elles portent le nom, & les vertus du Roy, qui luy deſtinoient vne pareille place.

Les Deuiſes dont les Arcs eſtoient ornez, auoient pour corps des cho-

ſes appartenantes à ces Diuinitez,
& l'ame des Deuiſes s'appliquoit
aux vertus, & aux dedicaces.

Les Arcs triomphaux eſtoient
érigez dans vne diſtance égale, depuis la porte de la Ville par où le
Roy fit ſon entrée, iuſques à ſon Palais Royal, & dans les diſtances
eſtoient les figures Celeſtes de la
huictiéme Sphere, & chacune portoit ſa Deuiſe.

Deuant le Palais Royal il y auoit
vne grande colomne érigée, portant la ſtatuë du Roy à cheual, &
enrichie de pluſieurs Deuiſes.

Le ſujet de la guerre que le Roy
faiſoit alors contre ceux de la Religion pretenduë Reformée, ayant
pour ſujet la querelle du Ciel : ie iu-
geay qu'il n'y auoit point de deſſein plus conuenable pour le Triom-

phe de fon entrée, que de faire que
le Ciel mefme en fit la pompe , &
fe trouuât comme prefent à cette
action.

Voicy quelques-vnes des Deuifes que i'ay choifies de toutes celles que ie foulnis pour cette entrée
Royale.

A la premiere face de l'Arc de
Saturne, dedié à la Prudence, il y
auoit pour deuife au Piedeftal de
la main droicte, vn Horloge auec
fa monftre, dont les heures eftoient
marquées par vne main, le mot
Efpagnol eftoit,

Affi mi mano como mi fonido.
Et le mot latin eftoit,
Quæ fonat hæc agit.
Pour monftrer que noftre Roy
tres-prudent , ayant meurement
deliberé, & refolu vn deffein, l'exe-

cutoit promptement, & que ſes actions ſuiuoient de point en point ſes conſeils.

Dans ce meſme Piedeſtal, à la face qui ſouſtenoit l'Arcade, eſtoit cette deuiſe: vn ſoc ouurant vne terre dure, & ſterile, & le mot,

Terramque Rebellem.

C'eſt ainſi que la prudence & la valeur de noſtre Roy, forçoit, ce qui luy reſiſtoit, & pour demeurer dans la grace de l'equiuoque, les terres rebelles ne luy reſiſtoiēr pas.

La troiſiéme face de ce meſme Piedeſtal, du coſté du Nord auoit vne montagne dont le faiſte eſtoit couuert de neige, & le pied enuironné tout au tour d'vne campagne émaillée de fleurs, le mot eſtoit,

Præmature cilſa caneſcunt.

En ce grand Roy les cheueux

blancs deuançoient de bien-loin les années, & la fageffe l'experience.

Au Piedeftal de la main gauche vn Lys bleu fur le fommet d'vne haute montagne leuoit la tefte, & fe tournoit vers l'eftoille de Saturne, dont cette fleur eft amoureufe, auec ce mot,

Non inferiora fecutus.

Qui fignifie que noftre Prince méprifoit de fuiure de moindres exemples de prudence que de celle du plus fage des Dieux.

A la feconde face du mefme Piedeftal on voyoit vne faux qui s'aiguifoit fur vne rouë affiloire, le mot eftoit, *Crefcit folertia duris.*

Cela veut dire que l'experience, & les affaires augmentoient tous les iours en noftre Roy la perfection de la fageffe.

A la troisiéme face du mesme
Piedestal, vne teste de Ianus à deux
visages, & ce mot,

Quis fallere posset.

A la seconde face de l'arc de Saturne, dedié à la Felicité, & où le
Siecle d'or estoit representé, estoiét
ces Deuises dans les Piedestaus.

La premier, vn oranger, qui en
toute saison est orné de fleurs, &
chargé de fruits, & le mot,

Æternum seruabit honorem.

Pour dire que desormais le siecle
seroit si heureux, que iamais il ne
seroit sans plaisirs.

La seconde estoit vn sep de vigne,
d'où pendoient des raisins meurs,
& le mot,

Doppo le lachrime i frutti.

Apres les nuicts viennent les
iours, & le beau temps reluit apres

l'horreur, & l'obſcurité des orages:
Et c'eſtoit ce que ce grand Roy
nous faiſoit eſperer dans la felicité
de la Paix, qui deuoit ſucceder par
le bonheur de ſes trauaux.

La troiſiéme eſtoit des eſpées
courbées en faucilles, & le mot,

Dulces curuentur in vſus.

Cela vouloit dire que nous em-
ployerions mieux le fer, qu'à nous
entretuer dans les guerres Ciuiles,
& qu'il ne ſeruiroit qu'à cultiuer la
terre, & à couper les moiſſons qu'elle produiroit en abondance.

La quatriéme, vn grenadier chargé des deſpoüilles d'vn ſerpent, &
le mot,

Spolijs onerata virebit.

On remarque en l'Agriculture,
que le grenadier reueſtu ou chargé de la peau d'vn ſerpent, en deuient

uient plus vert & plus beau ; & c'eſt
ainſi que la France chargée des deſpoüilles de la rebellion, en deuient
plus fleuriſſante & plus belle.

La cinquieſme, vne faucille moiſ-
ſonnant les fleurs, & le mot ,

Lilia non metet.

Les Fleurs de Lys garderont leur
fraiſcheur immortelle : nos plaiſirs
fleuriront touſiours auec elles ; & le
temps qui ne pardonne à choſe du
monde, n'oſera toucher à ces Fleurs
ſacrées.

A la premiere face de l'Arc de Iupiter, dedié à la Pieté, eſtoient aux
Piedeſtaus ces Deuiſes, la premiere
eſtoit des Autels, & le mot,

Extruxi, & merui.

C'eſtoit pour dire que ſi Iupiter
pour auoir eſté le premier qui eri-
gea des Autels aux Dieux en me-

D

rita luy-mefme, noftre Iupiter qui
les a redreffez és lieux où l'herefie
les auoit démolis, a auffi merité d'en
auoir.

La feconde, de l'encens allumé
fur vn Autel, & le mot,

Da lardore, lodore.

La deuotion qui n'eft qu'vn feu
Diuin dont Dieu embraze les ames,
brufloit fi faintement celle du Roy,
qu'elle parfumoit le Ciel & la terre
de l'odeur de fa picté.

La troifiéme, vn Autel couronné, & le mot,

Pietate triumphat.

Il n'eftoit point de Couronnes
que le Roy aymaft, à l'égal de celles
dont la picté couronne les Saints.

La quatriéme, vn Autel, & le mot,

Sontefque tuebor.

La pieté du Roy eftoit vn refuge

affuré, & vn Autel facré pour tous ceux qui venoient l'embraffer, & y chercher leur falut.

La cinquiéme , vn arbre fou-droyé, & vn Autel au pied, auec vne efpece de trenchée à l'entour, reprefentant le Bidental des anciens, & le mot,

Fit fulmine facra.

Comme les lieux frappez de la foudre deuenoient facrez, les Villes foudroyées par noftre Iupiter le font auffi deuenuës.

A la feconde face de l'Arc de Iupiter, dedié à la Puiffance, eftoient ces Deuifes.

La premiere, des tambours auec leurs battoirs deffus en action, & des efcus d'airain fe hurtans enfemble, le mot eftoit,

Nè me deglutiat ætas.

D ij

La force & la grace de cette Deuise, sont prises de ce que dés que
Iupiter fut né, sa mere le bailla en
garde aux Curetes & aux Coriban-
tes, qui le cacherent & sauuerent
de la cruauté de son pere Saturne,
par le moyen du bruit qu'ils firent
auec des tambours & des escus d'airain, pour empescher que Saturne
ne pût oüir les cris de l'enfant ; la
moralité de cette Fable est, que le
temps qui est figuré par Saturne de-
uore toutes choses, & en est le pere,
& que comme Iupiter par le bruit
& la renommée de ses belliqueuses
actions, desquelles les tambours &
les escus sont les instrumens, euita
les dents de ce gourmand, & se ren-
dit immortel: Ainsi le bruit de tant
d'exploits guerriers de nostre Roy,
qui ont commencé dés son enfan-

ce, a defendu son nom de l'iniure
du temps & de l'oubly.

La seconde, vne fusée allumée,
laissant vne longue trainée d'estin-
celles apres soy, le mot estoit,

Signabitque viam flammis.

C'estoit pour le voyage que le
Roy faisoit contre les Rebelles, qu'il
menaçoit de feu & de flamme, s'ils
n'obeissoient pas volontairement.

La troisiéme, vn Aigle tenant la
foudre en posture de la lancer, & le
mot,

Iratus dum Iupiter.

A la premiere face de l'Arc de
Mars, dedié à la Force, ces Deuises
estoient aux Piedestaus.

La premiere, vn Sceptre & vne
espée en sautoir, & le mot,

Imperium ferro nititur.

La seconde, vn canon en batte-

D iij

rie contre vne Citadelle, & le mot,

Conuertam, aut euertam.

La troisiéme, vne nuée chocquée d'où sortoit des éclairs, & le mot,

Percussa fulminat.

La quatriéme, vn canon, & le mot, *Æquabit iniqua.*

A la seconde face de l'Arc de Mars, dedié à la Victoire, estoient ces Deuises,

Vne Couronne de Palmier, auec ce mot, *Inflexa Coronat.*

Le Palmier, qui ne sçait ce que c'est que ployer, se laissoit courber par les mains victorieuses du Roy pour luy faire des Couronnes.

Vn joug à la Romaine, auec des chaisnes & des ceps appendus, & le mot,

Seruire regi seruari est.

Le seruage & les chaisnes que la

clemence du Roy ordonne aux Rebelles vaincus, ne sont autres que le doux joug de son obeïssance.

Vne branche d'oliuier, & vne espée iointes ensemble, & le mot,

Ferro culta virebit.

Il faut faire la guerre pour acquerir la Paix.

A la premiere face de l'Arc du Soleil, dedié à la Iustice, estoient ces Deuises.

La premiere, vn Soleil dans le signe de la Balance, auec ce mot,

Omnibus æque.

Le Soleil dans la Balance, distribuë esgalement sa lumiere à tout le monde ; le Soleil de la France ne bouge iamais de ce Signe, & distribuë à tous esgalement sa Iustice.

La seconde, vn Soleil eschauffant vne nuée qui s'oppose à ses rayons,

D iiij

de laquelle fortoient des foudres, & le mot,

Fulmen aduerfa miniftrant.

Les Rebelles par leur refiftance, ont mis les armes en main à la Iuftice du Roy.

La troifiéme, vn Soleil entrant dans le Signe du Lion, & le mot,

Nec me monftra morantur.

Les Monftres de la Rebellion n'ont point arrefté le cours de la Iuftice des armes du Roy, non plus que ceux du Zodiaque n'arreftent pas le cours du Soleil.

La quatriéme eftoit emblematique : Apollon pourfuiuant Daphné changée tout à coup en Laurier, dont il fe faifoit vne Couronne, & le mot eftoit,

Chi me fuggia me Corona.

Les Rebelles qui fuyoient les caresses de la clemence du Roy, ont couronné enfin sa Iustice.

A la seconde face de l'Arc du Soleil, dedié au salut public, estoient ces Deuises.

La premiere, vn Soleil entrant dans le Signe du Belier, & le mot,

Æterno nos vere donabit.

Le Soleil entrant dans le Signe du Belier, ramene le Printemps; ainsi le Soleil de la France estant entré dans Tolose, qui porte en ses Armes vn Belier, a produit chez elle vne plus belle & plus heureuse saison, que les vœux de cette Ville ont esperé deuoir estre eternelle.

La seconde, vne Clitie regardant & suiuāt de veuë le cours du Soleil.

Quocumque sequar.

C'est vn Image de l'affection de Tolose enuers son Prince, qu'elle adorera fans cefle,& que ne pouuât l'accompagner en effet ; non plus que cette fleur ne peut accompagner le Soleil, parce qu'elle a fes racines fermes & attachées à la terre, elle le fuiura au moins des yeux & de la penfée, ne s'efcartant iamais de la route qu'il tient, ny de l'obeïffance & de la fidelité qu'elle luy doit.

La troifiéme, vn Soleil efclairant vn monde.

Luftat, & illuftrat.

Ce Soleil de la France faifant le tour de fon Royaume, l'efclairoit & le purgeoit tout enfemble, auec les rayons de fa Iuftice.

La quatriéme eftoit vn Soleil communiquant fa clarté auxEftoilles errantes, que nous appellons Planetes, & aux Eftoilles du Firmament qui font fixes, & le mot,

Nec erranti lucere recuso;
Ou bien,
Fixis, & errantibus æque.

Pour dire que le Roy communi-
quoit ſes graces auſſi bien à ſes Sujets de la Religion Pretenduë Reformée, qu'aux Catholiques.

La cinquiéme, vn Soleil dans le
cercle du Midy, & le mot,

Iam totus in orbe.

Pour dire que la preſence & la veuë
du Roy apportoit à la Ville de Toloſe les preſages d'vn repos aſſeuré.

A la premiere face de l'Arc de
Venus, dedié aux graces de la
Beauté, eſtoient ces Deuiſes.

Vn Amour armé d'arc & de fleſ-
ches, & le mot,

Armatur, vt ametur.

vn Amour tenant vn dard d'vne
main preſt à lancer, & de l'autre

vne chaîsne, & le mot,

Quos vincit armis, deuincit amore.

Apres que le Roy auoit vaincu ſes
ennemis , il les attachoit auec des
chaîſnes d'amour & de fidelité.

Vn Amour ſur vn cheual luy tenant la bride courte, & le mot,

Quem frænat ſuſtinet.

Pour dire que le frein de l'obeïſ-
ſance ſouſtient les Sujets.

Vne pomme de pin s'ouurant ſur
vn brazier allumé, & le mot,

Non ferro, ſed flammis amoris.

La pomme de pin ne s'ouure qu'à
toute peine auec le fer, mais expo-
ſée au feu elle ſe laſche, & ouure ſes
iointures dés qu'elle ſent la chaleur.
Ainſi pluſieurs Villes rebelles qui
deſiſtoient à la force, ſe ſont renduës
rés qu'elles ont ſenty les effets de la
douceur & de la bonté du Roy.

A la seconde face de l'Arc de Venus estoient ces Deuises, des Couronnes de Myrthe, & ce mot,

Placent sine sanguine parta.

Anciennement on couronnoit de Myrthe ceux qui auoient vaincu les ennemis sans espendre du sang; le Roy domptoit vne partie des Rebelles par armes, & l'autre par amour ; mais il ayme mieux en ses Victoires, estre couronné de Myrthe que de Laurier.

Vne forteresse gardée par des Amours.

Inexpugnabile munimentum.

Ce mot est pris du Tacite, qui dit qu'il n'est point de plus seure garde pour vn Prince, que l'amour de ses Sujets.

A la premiere face de l'Arc de Mercure, dedié à la Dexterité, estoient ces Deuises.

Vne Vache sur vn Autel, & le mot,

Ex boue facta Dea.

La Vache, IO, ayant esté deli-
urée par l'industrie de Mercure,
fut adorée en Egypte sous le nom
de la Deesse Isis : le Bear figuré par
vne Vache qu'il a pour armes, est
maintenant par la sage conduite
du Roy, vn lieu de pieté.

Vn Caducée, & le mot,

Et ventos frænat in antris.

Pour dire que le Roy par sa prudence, & par sa sage conduite, retenoit
l'impatience des esprits seditieux.

A la premiere face de l'Arc de la
Lune, ou de Diane, dediée à la Vigilance, estoient ces Deuises.

Vn Lyon symbole de la Vigilance, parce qu'il a tousiours les
yeux ouuerts, & le mot estoit,

Ne quidem succumbere somno.

Vn chien surueillant deuant la porte d'vn Temple, & le mot,

Vigilatque fides.

Le chien est le symbole de la Fidelité, & de la Vigilance.

A la seconde face de l'Arc de Diane, dedié à la seureté, estoit cette Deuise.

Vn colier de chien de Berger herissé de pointes de fer, & le mot,

In seruitute securitas.

Ce colier est vn symbole de seruitude, mais aussi l'est-il de seureté, en ce qu'il defend des Loups le chien qui le porte ; il en est ainsi des Sujets de la Religion Pretenduë Reformée, qui au lieu des Villes de seureté qu'ils cherchoient, ont trouué leur seureté dans l'obeïssance.

Dans vn Ciel estoillé, qui cou-

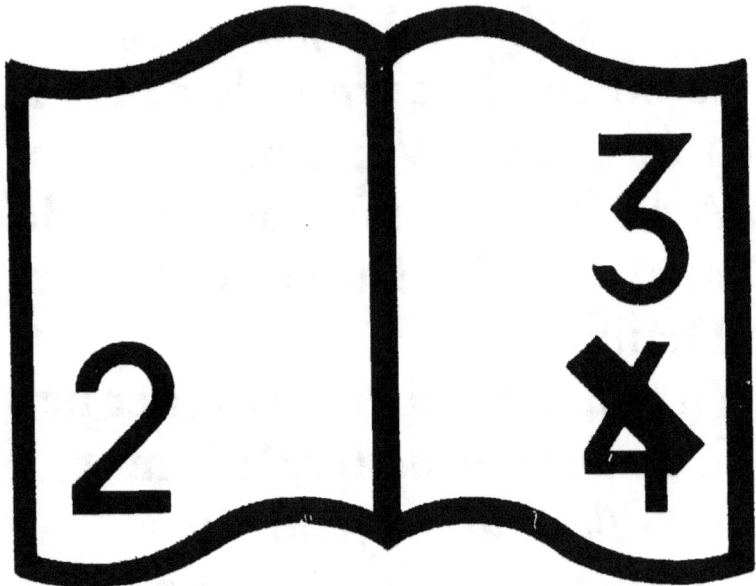

Pagination incorrecte — date incorrecte

NF Z 43-120-12

uroit la grande ruë du Triomphe, il y auoit entr'autres Deuifes.

Vn Autel eftoillé, reprefentant cette conftellation appellée *Ara*, qui eft à la huictiefme fpere, & le mot,

Vt vna cælo, fic vna folo.

C'eftoit pour dire que comme il n'y auoit qu'vn Autel au Ciel, il n'en falloit qu'vn, ou vne Religion en terre.

Le Taureau eftoillé, qui fut mis dans le Ciel pour auoir feruy Iupiter à la cóquefte de l'Europe, & le mot,

Doppo Europa Conquiftata.

Ce fera la fin des trauaux du Roy, apres la conquefte des autres Royaumes de l'Europe.

La Couronne formée de neufs Eftoilles, & le mot,

Pro cælo bella gerenti.

Ce deuoit eftre le prix des Victoires

res du Roy, puis qu'il n'estoit armé que pour la querelle du Ciel.

La petite Ourse marquée de sept Estoilles qui ne se couchent iamais, & le mot, *Vbique sursum.*

Le triangle estoillé, qui pour estre composé de trois angles, & de trois costez esgaux est l'Image de Dieu, & le mot,

Dum æquus Imago Dei.

Ainsi les Roys iustes sont l'Image de Dieu.

L'Escreuisse auec la marque du tropique, & le mot,

Sole recedente crescent æstus.

Quand le Soleil entre dans ce signe, il commence à s'esloigner de nous, & lors aussi les tempestes de mer commencent.

Aussi le Roy en s'en retournant, comme il alloit reprendre le che-

E

min de Paris, cette Prouince estoit menacée de plus de guerre & de malheurs.

Le Lyon suiuy de la Vierge qui paroissoit à demy au bord du Tableau, & le mot,

Iusta cum Virgine surgit.

Ce mot est pris de Manilius, on remarque que le Lyon ne se leue point sans son Astrée, & ainsi le Roy n'entrepréd point d'action qui ne soit accompagnée de la Iustice.

La Balance signe de Iustice, & sous lequel le Roy nasquit, le mot estoit,

Quo natus, hoc iustus.

Le Nil Fleuue d'Egypte, qui rend ses terres si fertiles, & le mot,

Quos alluit fœcundat.

Procyon, ou le petit chien cœleste qui fut mis dans le Ciel pour sa fidelité, & le mot,

Cælo donata fides.

Sur la grande Colomne qui eſtoit eſleuée au milieu de la place ſaint Eſtienne, paroiſſoit la ſtatuë du Roy armé, & à cheual, tenant ſous ſes pieds la rebellion abbatuë, repreſentée par vne femme à pluſieurs teſtes coiffées de tours & de baſtiős, & dont l'eſcu appendu en forme de trophée, portoit cette Deuiſe.

Vne Lune eſclypſée (elle ne s'eſclypſe point que lors qu'elle eſt en ſon plein) le mot eſtoit,

Dum æmula ſolis.

Ainſi la Rebellion, dés l'heure qu'elle entreprenoit ſur l'authorité Royale s'eſclypſoit.

Tout à l'entour de la Colomne eſtoient repreſentez les combats, ſieges, & autres Victoires du Roy.

Et ſur les angles d'vn grand Pie-

E ij

deſtal, qui portoit cette Colomne,
eſtoient releuées les ſtatües des Sy-
billes des quatre parties du monde.

La Sybille de l'Aſie, ou d'Orient,
eſtoit ſur l'angle droit de la premiere face du Piedeſtal, & au deſſous
dans le quadre de la premiere face
eſtoient ces Vers Prophetiques.

LA SYBILLE

D'ORIENT AV ROY,
pour l'entrée de ſa Majeſté
à Toloſe.

GRAND ROY, *pourſuy touſiours,*
    acheue tes combats,
Eſtens inſques au Nil les bornes de la France,
Apollon te promet qu'aux efforts de ta lance
L'Infidele Croiſſant mettra ſes cornes bas.

Porte tes estendars iusqu'au Riuage more,
Tes Lys en Orient croistront encore mieux,
Ces Fleurons immortels, les delices des Cieux
Veulent estre arrosez des larmes de l'Aurore.

Elle doit toute en deüil voir vn iour ses enfãs
Abbatus par ton bras, sous la tombe descendre,
Et naistre de ses pleurs meslez auec leur cendre,
Sur ses bords reconquis tes Lys plus triomphãs,

  Là de si grands exploits dignes d'autant
    d'Histoires,
Qui du fameux Iordain feront rougir le cours,
Les Siecles à venir iront marquant les iours,
Et les heures prendront le nom de tes Victoires.

Bisance mise à bas par tes actes guerriers
A l'esgal de ses tours verra croistre les herbes,
Et ton bras glorieux sur les cimes superbes
Des cedres d'Orient entera ses Lauriers.

Plusieurs autres Deuises que i'a-
uois employées à cette entréeRoya-
le, sont icy supprimées, parce qu'elles m'auroient trop cousté à racom-
moder.

deftal, qui portoit cette Colomne,
eftoient releuées les ftatiies des Sy-
billes des quatre parties du monde.

La Sybille de l'Afie, ou d'Orient,
eftoit fur l'angle droit de la premiere face du Piedeftal, & au deffous
dans le quadre de la premiere face
eftoient ces Vers Prophetiques.

LA SYBILLE

D'ORIENT AV ROY,

pour l'entrée de fa Majefté
à Tolofe.

GRAND ROY, pourfuy toufiours,
acheue tes combats,
Eftens iufques au Nil les bornes de la France,
Apollon te promet qu'aux efforts de ta lance
L'Infidele Croiffant mettra fes cornes bas.

Porte tes estendars iusqu'au Riuage more,
Tes Lys en Orient croistront encore mieux,
Ces Fleurons immortels, les delices des Cieux
Veulent estre arrosez des larmes de l'Aurore.

Elle doit toute en deüil voir vn iour ses enfäs
Abbatus par ton bras, sous la tombe descendre,
Et naistre de ses pleurs meslez auec leur cendre,
Sur ses bords reconquis tes Lys plus triomphäs,

Là de si grands exploits dignes d'autant
d'Histoires ,
Qui du fameux Iordain feront rougir le cours,
Les Siecles à venir iront marquant les iours,
Et les heures prendront le nom de tes Victoires.

Bisance mise à bas par tes actes guerriers
A l'esgal de ses tours verra croistre les herbes,
Et ton bras glorieux sur les cimes superbes
Des cedres d'Orient entera ses Lauriers.

Plusieurs autres Deuises que i'a-
uois employées à cette entréeRoya-
le, sont icy supprimées, parce qu'elles m'auroient trop cousté à racom-
moder.

Et pour les autres Poësies dont elle fut ornée, comme elles n'e-stoient point de ma façon ie les ay obmises, pour ne m'approprier pas les Ouurages d'autruy.

DEVISES POVR LE ROY
Henry le Grand.

POvr la conqueste qu'il fit par armes, d'vn Royaume qui luy appartenoit par succession.

Vne Couronne de Fleurs de Lys dans vn escu semé de Couronnes de Laurier sans nombre, & le mot,

Inter multas, Hæc vna resurgit.

Sur sa clemence, par laquelle en relaschant beaucoup en faueur de ses peuples, il les retenoit par là dans leur deuoir.

Vne bride de cheual auec son
mors & ses resnes, & le mot,

Remittit , & arcet.

POVR LA REYNE
Marie de Medicis.

Apres sa Regence, dans laquelle elle a merité, comme la Nauire
d'Argos d'estre deïfiée ; pour auoir
sauué de naufrage nos demy Dieux,
dont elle auoit la conduite.

La Nauire d'Argos estoillée, &
le mot,

Facta Dea seruando Deos.

Pour la gloire qu'elle auoit d'estre
Mere du Roy & de trois Reynes.

Vn Grenadier auec ses grenades
qui naissent couronnées, & le mot,

Surgunt cum diademate Partus.

Pour l'estat florissant de sa Regence, & la part qu'elle auoit aux ver-

tus de ſes enfans eſleuez de ſa main.

Vn bouquet de Lys, & le mot,

Candeſcunt lacte meo.

Ces Lys tirent leur blancheur
du laict de Iunon.

Pour ſa liberalité teſmoignée par
les penſions qu'elle donnoit dans ſa
Regence.

Vn Soleil, vers lequel pluſieurs
Soucis, où Tourne-ſols eſtoient
tournez, & receuoient auſſi de cét
aſtre leur couleur dorée, & le mot,

Doro quien me ſigué.

Vne riuiere tombant du haut
d'vn rocher, dont l'eau blanchit
par ſa cheute, & le mot,

Hinc candor, vnde caſus.

Ou bien,

Candorem ſignatque cadendo.

Ou bien,

De mi caida mi candor.

C'eſtoit pour releuer la vertu qu'elle teſmoigna dans ſa diſgra-ce, & la candeur de ſes actions en ſa cheute.

DEVISE POVR LE ROY.

Pó v r le Roy Loüis XIV. en ſa minorité, ſur ce qu'il a com-mencé ſon regne par des Victoires ſignalées contre l'Eſpagne.

Vn Soleil leuant, deuant qui les Eſtoilles d'Occident ſe couchent, & tombent dans l'Ocean, & le mot,

Me Heſperia ſurgente cadent.

Les Eſtoilles d'Occident, & les Eſpagnes, ſont appellées par les Latins *Hesperiæ*, c'est de Hesperus qu'elles ont pris ce nom.

C'est pour dire que le destin d'Espagne, comme ses Estoilles tombe au leuer de nostre Soleil, & pour le paraphraser en Vers.

A l'Orient de ce Soleil
Qui vient d'vn brillant appareil
Redorer la face du monde,
L'Estoille d'Occident s'enfuit,
Et precipite auec la nuit
Le destin d'Espagne dans l'Onde.

DEVISES POVR MONseigneur le Cardinal de Richelieu.

POvr sa promotion au Cardinalat, parmy plusieurs trauerses & contrarietez.

Vn bouton de Rose rouge, & le mot,

Frâ le spine impurpurisco.

Pour le mesme sujet.

Vn Gond de fer ardent sur vn enclume & sous des marteaux, en action de frapper, le mot estoit,

Perficiunt, non officiunt.

Pour sa fidelité au seruice du Roy, par laquelle il acquit la pourpre de Cardinal.

Vn chien qui tient vne pourpre marine sous les pieds, & a le museau empourpré de sang, & le mot,

Mea quasita fide.

Le chien d'Hercule fut le premier qui trouua la pourpre au bord de la mer.

Pour le mesme sujet.

Vn Gond de fer ardent sur vn enclume, & le mot,

Ab ardore rubor.

Pour le mesme, sur les persecutions de ſes ennemis; & pour dire que c'eſtoient elles qui ſeruoient à le faire Cardinal.

Vne pierre taillée à demy, re-preſentant le Dieu Terminus, ſous les pics & les marteaux qui ache-uoient de le former, & le mot,

Inter diuos aduerſa locabunt.

Pour le meſme, ſur le peu d'eſtat qu'il faiſoit de ſes ennemis.

Vne fleur d'Amaranthe qui ne ſe fanit iamais, & contre qui vn vent de Midy ſouffloit, qui eſt le vent d'Eſpagne, & le mot,

Furit innoxius oſtro.

Pour la ſeureté qu'il trouuoit dans les grands emplois, & les grandes charges qu'il auoit dans l'Eſtat.

Vn Nauire flottant, & le mot,

Tutum me pondera reddunt.

Ou bien,

Vn herisson de mer, qui se char-
ge de pierres & de grauier dans la
tourmente, & le mesme mot,

Tutum me pondera reddunt.

Ou bien,

Tutum reddit onus.

Pour l'heureux estat de la France,
estant regie par ce grand Cardinal.

Vne Sphere du monde, & le mot,

Fido se Cardine vertet.

Les Cardinaux sont ainsi appel-
lez, *à Cardine,* qui est à dire autant
que Piuot.

C'estoit pour dire qu'il estoit l'vni-
que & asseuré Piuot, sur lequel rou-
loient toutes les affaires de la France.

Pour ces trois grandes qualitez
qu'il possedoit, de Generalissime sur
terre, d'Admiral sur mer, & de Cardinal, ou Prince de l'Eglise qui a
l'empire des ames; luy seul s'estant

acquis ces trois cômaudemens, que
les trois fils de Saturne partagerent
& diuiferent entr'eux, fa deuife fut.

La foudre de Iupiter, le Trident
de Neptune, & le Bident de Plu-
ton liez enfemble, & ioints en forme de fautoir, & le mot,

Temperat vna manus.

Pour le portrait de Monfeigneur
le Cardinal de Richelieu, premier
Miniftre de France.

Et pour celuy du Comte Doliua-
rés, premier Miniftre d'Efpagne.
Ces deux Portraits eftans enfemble.

INSCRIPTION.

Dux Comes, imbellis cum fit tibi nomen Oliuæ
Bella fuge, & molli pacis confifte quieti.
Armandum arma iuuant, eft tanto in nomine
fatum
Quo fugat Auftriacos, & hyberas fubijcit
arces.

C'estoit au temps qu'en Rossillon Perpignan fut pris, & qu'en Allemagne nous gagnions tous les iours des batailles sur les ennemis.

Ie supprime icy quelques Deuises que i'ay fournies pour ses Galeries; elles sont assez publiques, sans qu'il soit besoin de prendre le soin de les en rendre dauantage.

DEVISES SERVANS
d'Epitaphes pour des Tombeaux.

POvr le Tombeau d'vne belle Dame, qui mourut peu de temps auant le iour destiné pour sa nopce. I'y fis peindre cette deuise pour son Amant.

Vn peuplier, dont le propre est de ne porter point de fruit, mais

bien de pleurer touſiours au bord
des riuieres, le mot eſtoit,

Pro fruɛ̃tu luɛ̃tus.

I'ay employé ce meſme corps de
deuiſe pour l'Amant d'vne belle
Dame de la Cour ; ie n'en fis que
changer le mot, afin qu'il y trou-
uaſt le nom de ſa maiſtreſſe.

Per fruge lacrymè.

Pour le Tombeau d'vne grande
Dame, qui mourut en odeur de
ſainteté.

Vne Lune eclypſée par l'interpoſition de la terre, auec ce mot,

Cœlo degit, quam terra tegit.

Sur le Tombeau d'vne autre Dame, ie fis peindre pour ſon Amant
cette meſme deuiſe, & n'en fis que
changer le mot.

Vne Lune eclypſée.

La

La Tierra me lasconde,
Tél Cielo me la detiene.

Sur le Tombeau d'vne autre belle Dame, pour son Amant.

Vn vieux Tombeau de pierre à l'antique, & vn lierre qui l'embrasse, & le mot,

Saltem hoc amplectar inane.

Pour le Tombeau d'vn mary. I'y fis peindre pour sa femme, en tesmoignage du souuenir qu'elle en garderoit eternellement.

Vn Cedre, dont le bois a cette proprieté de garder de pourriture les corps morts, & dont pour cette raison on faisoit anciennement les Tombeaux, le mot estoit,

Æternum seruabo sepulcro.

Pour le Tombeau d'vne belle Dame. I'y fis peindre pour son Amant.

Vn escu de sable pur, sans qu'il

F

fut marqué d'aucune figure, & ce
mot à l'entour,

Constante es mi color
I mas durable mi dolor.

Comme le noir est le symbole
de la constance, parce qu'il ne reçoit point d'autre couleur, il est
aussi symbole de douleur.

I'employay ce mesme corps de
deuise pour vn Cheualier au Car-
rousel de Monseigneur le Duc de
Montmorency, le mot faisant allusion à l'Histoire, d'Iphigenie estoit,

No a y figura, por mi dolor.

Pour mettre sur le Tombeau d'vn
Prince en faueur d'vn de ses serui-
teurs, dans l'affliction en laquelle il
estoit de la mort de son Maistre.

Vn buscher allumé en la forme
des anciens, où ils brusloient les
corps morts, & vn chien qui se

lance dedans : ce qui eſt tiré de l'Hiſtoire d'Ælian, qui rapporte pour témoignage de l'amour & de la fidelité qu'vn chien euſt pour ſon Maiſtre mort, qu'il ſe ietta dans le buſcher, & s'y bruſla auec ſon Maiſtre, & le mot,

Comburar eodem.

Ou bien,

Rogo comburar eodem.

Pour le Tombeau d'vn homme vertueux, dont le merite ne fut reconnu qu'apres la mort.

Vne branche de Canelle , qui n'eſt odoriferante que lors qu'elle eſt ſeiche ; c'eſt le meſme que le Cinnamomum, & le mot,

Poſt funera odorus.

Pour le Tombeau d'vn des plus eloquens hommes de France.

La Lyre d'Orphée eſtoillée, telle

F ij

qu'elle eſt figurée dans la huitiéme
Sphere, & le mot,

Iam ſidera ducit.

Pour le Tombeau d'vn grand &
celebre Profeſſeur de Droiĉt.

Vn grand bucher allumé, dont la
flamme montoit au Ciel, & la cendre demeuroit en terre, & le mot,

Vnicuique ſuum tribuam.

I'eſtendis cette penſée par l'Epi-
taphe ſuiuante.

Hic iacet Guillelmi   *   *quod ter-*
reſtre fuit, quod cœleſte ad cœlum re-
diit, nec mirum ſi celeberrimus Iuriſ-
prudentiæ Profeſſor, etiam moriendo
vnicuique ſuum tribuerit.

DEVISES POVR DES grands hommes, ou sur des matieres celebres.

POVR vn grand homme, qui ne cherchoit point d'autre re-compense de ses belles actions, que la gloire de les faire.

VnCedre fleury:on remarque que de ces arbres, celuy qui fleurit ne porte point de fruit,le mot estoit,

Mihi gloria fructus.

Pour mettre au premier feüillet d'vn Liure de controuerse, fait par vn grand Theologien.

VneHirondelle, tenant vne her-be nommée l'esclaire, au bec, & voletant à l'entour du nid de ses pe-tits, auec ce mot,

F iij

Cæcis dabo lumen.

L'Hirondelle donne la veuë à ſes petits auec cette herbe.

Pour vn Prelat qui eſtoit né Hu-guenot, & qui depuis ſa conuerſion fut fait Eueſque.

Vn arbre enté chargé de fruit, le mot eſtoit,

Fert inſita dulces.

Comme le Sauuageon porte des fruits amers, & depuis qu'il eſt enté il en porte de doux : Ainſi ce Prelat depuis qu'il a eſté enté, & que de Huguenot il a eſté fait Catholique, a changé l'amertume de ſa vie paſ-ſée en vne extrême douceur.

Pour vn grand Miniſtre d'Eſtat.

Vne monſtre d'Horloge, dont les heures eſtoient marquées par vne Fleur de Lys au bout de l'ai-guille, & le mot,

Quales ex indice curæ.

Ou bien,

Testantur lilia curas.

C'eſt pour dire que le trauail eſt au dedans, & ne paroiſt que par le cours & le progrés de la Fleur de Lys, ou des affaires de l'Eſtat.

Pour vn Grand, qui a eu toûjours la fortune & les puiſſances contraires, & a conſerué ſa droicture dans les diſgraces & dans les aduerſitez.

Vn quadran Solaire en plain, dont le ſtyle droit ſous les lignes obliques des rayons du Soleil, fait la iuſteſſe & la droiture de ſes propres lignes, & le mot,

Recta ſub obliquo.

Ou bien,

Rectum obliquantibus aſtris.

Pour vn Grand de tres-gráde vertu, qui n'a eſté iamais recõnu de la fortune.　　　　　F iiij

Le diamant d'Æſope ſous les
pieds d'vn coq, & le mot,

O non viſto, ô mal noto, ô non gradito.

Ce mot eſt pris du Taſſe parlant
d'Olinde.

Coſſi il miſero à ſeruito
O non viſto, ô mal noto, ô non gradito.

Pour le Lyon des Armoiries d'vn
Grand, & pour marquer qu'il tiroit
ſon origine de la plus illuſtre maiſon de France.

A ſanguine vires.

Pour vn Seigneur de tres-grand
merite, qui a eſté abbaiſſé pendant
que d'autres de moindre valeur ſe
ſont hauſſez dans la faueur, & dans
la fortune.

Des balances, ou vn treſbuchet,
dans leſquelles il y a vn eſcu d'or
de chaque coſté, dont l'vn comme
plus court ſe leue, & l'autre eſtant

de poids s'abbaiſſe, & le mot,

Qui le moins vaut ſe hauſſe.

Ou bien,

Dum ſurgis deprimor.

Pour le Clergé de France aſſem-
blé pour accorder au Roy vne gra-
tification extraordinaire ſeruant
aux affaires de l'Eſtat, & à l'heureux progrés de ſes armes.

Trois Lys ſur qui vne roſée du
Ciel tomboit, & le mot,

Cœleſti munere creſcunt.

DEVISES POVR DIVERS
deſſeins amoureux.

POvr vn Amant eſtant loin de
ſa Maiſtreſſe en vn voyage.
Vn roüet, ou tour de Cordier, ou
de Paſſementier, auec quoy on fait

les cordons de foye en reculant, le mot eſtoit,

Recedendo, vincula creſcunt.

Pour la Maiſtreſſe de celuy-là meſme pendãt l'abſence de ſon Amant.

Le meſme tour ou roüet, auec ce mot,　　　*Dum recedis, torques.*

Où il eſt à notter, que ce mot *torquere*, ſignifie *tordre* & *tourmenter.*

Pour vne Dame que ſon Amant quittoit allãt faire vn long voyage.

Vn Parthe tirant des coups de fléches en fuyant, & le mot,

Fuggendo m'vccide.

Pour l'Amant d'vne Dame cruelle, qui le traittoit ſi mal, que dés qu'il luy rendoit quelque teſmoignage de ſon amour, elle ne faiſoit que le meſpriſer.

Vne piece de fer ardente ſur vn enclume, & des marteaux preſts à battre deſſus, le mot eſtoit,

Si pareſce, padeſce.

Comme à meſme temps que ſon ardeur paroiſt, les marteaux battent deſſus, ainſi la paſſion de ce malheureux Amant auſſi-toſt qu'elle paroiſſoit eſtoit mal traittée.

Pour vne Dame belle & cruelle.

La grãde Ourſe eſtoillée, & le mot,

Ne piu bella.

Ne piu crudele.

Pour l'Amant d'vne Dame belle & cruelle tout enſemble.

Vne aiguille de bouſſolle tournée vers l'Eſtoille du Nort, qui eſt la meſme que la petite Ourſe, auec ce mot qui va à meſme deſſein que le precedent.

Sarò ſempre fedele.

Per-chi è bella è crudele.

Pour vn Amant qui vouloit tenir secretté la cause de son amour.

Le mont *Ætna* iettant des flâmes de toutes parts, duquel embrazement on n'a sceu dire encore la cause, ny donner vne vraye raison, & le mot estoit,

Causa latet.

Il estoit pris de Virgile.

Quæ tantum accenderit ignem
Causa latet.

Pour vn grand courage qui n'estoit sujet à autre passion qu'à celle de l'amour.

Vn Palmier s'inclinant vers vn autre Palmier pour l'embrasser, auec ce mot,

Soli succumbit amori.

On remarque que cét arbre se releue le plus, lors qu'il est dauantage chargé, & qu'il ne s'incline que pour embrasser ce qu'il ayme.

Pour le mefme.

Vne Pomme de Pin fur vn brazier qui s'ouure à la chaleur du feu,
le mot eftoit,

Soli cedit amori.

Celle-cy a efté employée à autre
deffein pour l'entrée du Roy.

Pour vne Dame mariée à vn homme qu'elle n'aymoit point.

Le Globe de la terre enuironné
de la Sphere du feu, & qui pour en
eftre enuironné n'en eft pas bruflé,
ny efchauffé, & ce mot,

Qui en me abraffa
No me abrafa.

I'employay celle-là au Carrofel de
Monfeigneur le Duc de Montmorency, en l'an mil fix cens dix-neuf,
auec cét autre mot,

Aunque cercada no quemada.

Pour vn Amant, dont la Maiftrefse fut mariée à vn homme qui ne la meritoit pas, & qui la traittoit mal.

Vn Ours despeçant vne ruche d'Abeilles, & deuorant le miel qui estoit dedans, duquel cét animal est extremement auide, le mot estoit,

Cruel quien mis gustos deuora.

Pour vn Caualier amoureux d'vne Princesse.

Vn'Aigle regardant le Soleil.

Mirar non so, luci men belle.

I'employay aussi celle-là au Carrosel de Cleosandre, pour vn dessein moins ambitieux que celuy-là.

Pour vn Amant ambitieux.

Vn Aislerion en la plus haute region de l'air, & ce mot,

Per piume i desiri
Per aure i sospiri.

Pour vne Dame qui aymoit interieurement, & qui estoit obligée en apparence d'estre rigoureuse.

Le grand Absynthe que les Herboristes appellent Pontique, dont les feüilles & l'escorce sont ameres, & la moëlle douce, le mot estoit,

Dentro dolce, è fuori amara.

Pour l'Amant d'vne Dame en colere, laquelle au lieu d'auoir pitié de ses larmes, s'en irritoit dauantage.

Vn monceau de chaux viue, & fumante sous vne pluye qui tomboit dessus, le mot estoit,

Cur lacrymis ardescis in iras.

Pour vn Amant, à qui sa Maistresse auoit defédu de luy parler d'amour.

Vne Horloge sonnante, auec son timbre, ses roües, & ses contrepoids, le mot estoit,

Por mis penas he de hablar.

Pour vne Dame amoureuse en apparence, mais qu'n aymoit point en effet.

Vne Escarboucle qui est toute de feu en apparence, & est froide naturellement, le mot estoit,

Fiamma si, ma non ardore.

Pour vn Amant dont la Maistresse s'en alloit faire vn long voyage.

Le vent solaire souflant vers vn Soleil qui se couchoit, auec ce mot,

Lo siguen mis sospiros.

Pour vn Amant, à qui sa Maistresse donnoit souuent des assignations en des lieux où elle ne se trouuoit iamais.

Vne cloche qui sonne au feu, à l'alarme, au Sermon, & ne s'y trouue iamais, le mot estoit,

Nunca se halla
Donde me llama.

Pour vn Amant aymé de sa Maistresse.

Vn Phenix bruslant aux rayons du

du Soleil, auec ce mot,

Si quemado, amado.

C'eft l'oyfeau chery du Soleil.

Pour vn Amant qui feruoit plufieurs Dames, & qui n'auoit de l'a-
mour que pour vne.

Vn Bouclier, contre qui plufieurs
flefches s'eftoient rebouchées, &
parmy lefquelles vne feule y eftoit
attachée, le mot eftoit,

Frâ moltè, vna.

J'employay auffi celle-là au Carrofel de Cleofandre.

Pour vn Prince amoureux d'v-
ne Reyne.

La Nicotiane, vulgairement appellée, l'herbe à la Reyne, qui
eft vn fouuerain remede pour les
playes, & le mot,

Sola vulneri apta meo.

Pour le Luth d'vne belle Dame

G

en faueur de son Amant, ce mot,

Viuo fra tuoi bracci
Moro, quando me lasci.

Cét Amant estoit comme le
Luth de sa Dame, qui sembloit
viure entre ses bras, & sembloit
mourir quand elle le laissoit.

Pour vn Amant dont le dessein
estoit de tesmoigner, que la fermeté
qu'il auoit trouuée en sa Maistresse
le tenoit attaché à son seruice.

Vne flesche prise & attachée à
vn Bouclier de chesne à l'antique,
& le mot,

En su firmeza, mi prision.
Pour l'Amant fidele, d'vne Dame cruelle,

Vn rocher, & le mot,
Voi di crudelta, io di constanza.
Pour vn Amant, que les trauer-
ses & empeschemens des parens

tenoient feparé de fa Maiftreffe.

Vne pàroy entre deux Palmiers, defquels les branches, nonobftant cette rude feparation, penchcoient & fe tournoient l'vne vers l'autre pour s'embraffer, & le mot pris du *paftor fido.*

> *Perche noi difunici tu s'amor noi*
> *ftringé.*

Pour Erofile.

Vn Alambic diftillant, & ayant le feu dans fon fourneau, & le mot,

> *Dentro le fiamme, & fuori il pianto.*

Ce mot eft pris du Torquato Taffo, quand il exaggere les regrets que Tancrede faifoit fur le Tombeau de Clorinde.

> *O faffo amato è fortunato tanto*
> *Che dentro à le mie fiamme, è fuori*
> *pianto.*

G ij

DEVISES POVR de Balets.

Au Balet de la Nuict, dansé en l'an 1624.

DEVISES pour l'entrée des Fauoris de la Nuict; c'estoient des Amans qui ne pouuoient voir leurs Maistresses que la nuict.

Pour le premier, la deuise estoit vne lampe allumée la nuict, & qu'on esteint dés qu'il est iour, le mot estoit,

Viuo la notte è moro il giorno.

Pour le second, la deuise estoit l'arbre triste, arbre des Indes, qui ne fleurit que la nuit, & à qui toutes

les fleurs tombent dés que le iour
arriue, le mot estoit,

Con la noche se van mis dichas.

Pour le troisiéme, la deuise estoit
vne nuit estoillée & calme : c'estoit
pour vn Amant enflammé & se-
cret, le mot estoit,

Silet dum flamma micat.

Pour le quatriéme, la deuise estoit
vne Lune en conjonction auec le
Soleil, qui est le temps auquel elle
est obscure vers la terre, & lumi-
neuse vers le Ciel, le mot estoit,

Lateant mea gaudea.

Pour le cinquiéme, la deuise
estoit vn papillon qui se brusloit la
nuit à la lumiere d'vne chandelle ;
c'estoit pour vn Amant qui vouloit
mourir, pourueu qu'il pût ioüir de
ses amours, & le mot estoit,

Dulce mori, si potiri licet.

Pour le fixiéme, la deuife eftoit vne bougie allumée le iour aux rayons du Soleil, deuant lequel fon feu ne paroift pas ; c'eftoit pour vn amour qui ne paroiffoit pas le iour, le mot eftoit,

Etfi non fplendeat, ardet.

Pour la feptuéme, la deuife eftoit vne bouffolle en plein iour, regardant le Pole, dont l'aiguille ne laiffoit pas de tourner vers fon eftoille aymée, bien qu'elle luy fut cachée, & le mot eftoit,

Sequi liceat, fi mirari non licet.

POVR LE BALET DES
quatre Saisons, qui commença par
l'entrée du Printemps, danse
en l'an 1623.

POvr vne belle Dame qui estoit
de cette partie, sous le nom de
Daphné, laquelle fuyoit les caref-
ses d'Apollon, & se transforma en
Laurier, sa deuise estoit,

Fuggendo amore, acquisto honore.

C'estoit pour dire, que l'honneur
de son Laurier immortel s'acque-
roit en fuyant les poursuites de ses
Amans.

Pour vne autre belle Dame de
cette mesme partie, sous le nom
d'Arethuze, laquelle fuyoit les ca-

G iiij

reſſes d'Alphée, & ſe transforma en
fontaine, ſa deuiſe eſtoit,

Impuris nec miſceor vndis.

Le Cheualier de la Canicule en
vne des entrées de l'Eſté, portoit
pour deuiſe la Canicule eſtoillée,
& le mot,

Ne piu ardente, ne piu fedele.

Comme aſtre il n'y en a point de
plus ardent, ny comme chien il n'y
en eut point de plus fidele ; c'eſtoit
le chien d'Aſtrée, qui fut mis au
Ciel pour ſa fidelité : Et c'eſt auſſi
le ſymbole d'vn Amant tres - paſ-
ſionné, & tres-fidele.

Pour l'entrée de l'Hyuer, deux Caualiers ſous le nom des Amans ge-
lez en apparence, & tres-amoureux
en effet, portoient ces deuiſes.

Celle du premier eſtoit vn peuplier ſans feüilles, & dont les bran-

ches eſtoient couuertes de pluſieurs
glaçons, cét arbre paſſeroit pour
mort en cét eſtat, ſi par les larmes
qu'il iette au bord de ſon ruiſſeau,
on ne connoiſſoit pas qu'il eſtoit
encore viuant, le mot eſtoit,

Il pianto ſol moſtra que viuo.

La deuiſe du ſecond eſtoit le mont
Ætna, couuert de neige & de gla-
ce, lequel ſous la neige qui le cou-
ure ne laiſſe pas de bruſler au dedans, le mot eſtoit,

Dentro le fiamme è fuori il ghiaccio.

C'eſtoit pour dire, que ſi au de-
hors il témoignoit de la froideur,
il ne laiſſoit pas de ſentir le feu de
l'amour au dedans.

Pour l'entrée des Forgerons, la
deuiſe du premier eſtoit, vne piece
de fer enflammée ſur vne enclume,
& le mot.

Qusien menciende me formara.

C'estoit pour dire, que celle qui
l'auoit enflammé luy donneroit la
forme qu'elle voudroit, ou bié qu'il
attendoit toute sa gloire & toute sa
fortune, de la main de sa Maistresse.

La deuise du second estoit, vn He-
leope soûpirant & soufflant vers le
fourneau qui causoit des soûpirs:
c'est vne boule de fer creuse, ou
d'autre metal, en laquelle il y a vn
trou, d'où il sort du vent quand on
la presente au feu, & ce vent r'al-
lume le feu duquel par consequent
il est la cause, c'est vn effet de la rare-
faction de l'air, le mot estoit,

Da mici sospiri le tue fiamme
Da tue fiamme i miei sospiri.

Pour le grand Balet, qui fut la
derniere entrée de l'Hyuer.

Voicy les Deuises des Caualiers

qui eftoient de cette partie, & fous lefquelles chacun fit connoiftre le nom de fa Maiftreffe.

Pour le premier, dont la Dame auoit nom Rofe, vne abeille fur vne rofe, & le mot,

Indi'l mele d'amore.

Pour le fecond, dont la Dame auoit nom Anne, la deuife eftoit vne Diane qui bleffoit vn Cerf d'vn coup de fon arc, & le mot eftoit,

Di Ana? por que me matas?

Cette deuife à l'Efpagnole tiroit fa grace de l'equiuoque de *Diana* en vn feul mot, ou de *di Ana*, en deux mots efcrits par vne interrogation : c'eftoit felon l'intention fecrete de cét Amant, pour dire, *dy Anne, pourquoy me tuës tu.*

Pour le troifiéme, dont la Dame auoit nom Angelique, la deuife

estoit vn Ange : on dit que l'on ne
peut auoir la vision d'vn Ange sans
mourir ; & c'estoit ce que le dessein de cette deuise vouloit dire,
qu'il en coustoit la vie à cét Amant
pour auoir veu cét Ange mortel,
le mot estoit,

Mirar sensa morir no se concede.

Pour le quatriéme, dont la Dame auoit nom Françoise, la deuise
estoit vn nœud à la Cordeliere, &
le mot,

Con sus rigores me ata,
Con sus fauores me mata.

Pour le cinquiéme, dont la Dame auoit nom Heleine, la deuise
estoit l'incendie de Troye, & le mot,

Quæ tantum accenderit ignem.

Pour le sixiéme, dont la Dame
auoit nom Diane, & pour tesmoigner qu'il en estoit fauorisé, vne

teste de Diane en porfil ioüant du Cor, & le mot, ou le Cor parloit à Diane.

Da tuoi baſci le mie voci,

Ou bien,

Da tuoi baſei il mio ſono.

C'eſtoit pour dire, qu'il rendoit des loüanges à ſa Dame pour les baiſers qu'elle luy accordoit, ou bien qu'il deuenoit renommé par les faueurs de ſa Maiſtreſſe.

Pour le dernier, dont la Dame auoit nom Renée, la deuiſe eſtoit vn Phœnix renaiſſant de ſes cendres aux rayons du Soleil, & le mot,

Ainſi mon amour eſt Renée.

DEVISES,

Recueillies du Carrofel de Monfieur le Duc de Montmorency, de l'an 1619.

Pour le Mariage de la Princeffe de France, auec fon Alteffe de Sauoye.

AV Balet des quatre Parties du Monde, pour l'entrée des Europeans, fous le nom des aymables & infortunez.

Pour Eroclée, vn Comete, & le mot, *Hermofo yno querido.*

C'eftoit en vn temps qu'Eroclée vouloit paroiftre dans fon gouuernement, comme vn Comete pour la Cour.

Vn Apollon pourſuiuant Daphné à demy transformée en Laurier, & le mot,

Nec iuuat eſſe Deum.

C'eſtoit pour dire, que l'illuſtre naiſſance d'Eroclée, ny ſon incomparable bonne grace, ne ſeruoit de rien à ſon amour pour paruenir à ce qu'il deſiroit.

En la partie des Affricains.

Pour Alcandre, dont la Maiſtreſſe eſtoit accordée à ſon Riual.

Vn nœud d'Hymenée dans vn eſcu de ſable, & le mot,

Quien te ata me mata.

Pour Philidor en la partie des Americains.

De l'encens allumé ſur vn Autel, & le mot,

Ardo y adoro.

Pour la iournée de la Quintaine.

La premiere partie fut celle des Cheüaliers du Soleil.

Pour vn des Cheüaliers de cette partie, qui estoit le troisiéme.

Vn miroir ardent, sur qui vn Soleil iettoit ses rayons à plomb, & le mot,

De tuoi sguardi il mio ardore.

La seconde fut la partie des Bohemiennes.

Pour Lindabride Bohemienne, vn baston de ioüeur de passe-passe, ayant vn ruban attaché au milieu auec vn nœud courant, & le mot,

Dentro o fuera, quando quisiera.

C'estoit pour dire qu'il dependoit de ce braue Cheüalier d'estre hors de faueur, ou dans la faueur quand il le voudroit.

Pour Claridiane Bohemienne, vn Soleil, & le mot,

Chi

Chi me ardi me abellifce.

Comme entre les Bohemiennes, celles qui font les plus bruflées du Soleil font les plus belles : ainfi ce Cheualier, plus il eftoit bruflé par les beaux yeux de fa Maiftreffe, plus il en eftoit aymable.

La quatriéme eftoit la partie des Cheualiers de la folie.

Pour le premier, la deuife eftoit vn Amandier fleury ; en cét arbre les fleurs qui viennent auant le temps font les marques de fa folie, le mot eftoit,

De mis flores, mi locura.

Pour le fecond, vne Lune en fon declin, & le mot,

De fus menguantes, mis crefcientes.

La feptiéme eftoit la partie des Arguonautes.

Pour Thefée, vn Nauire partant

H

du port auec des voiles noires, &
le mot,

Feret alba reuertens.

C'estoit pour l'esperance que ce
Caualier auoit de reuenir victo-
rieux de ce combat.

Pour la course de la Bague.

La premiere partie fut celle des
Cheualiers du Laurier.

Pour le premier la deuise estoit,
vn Laurier sous vn Ciel orageux,
& le mot,

Nec timet arma iouis.

Pour le second, vn escu semé de
Couronne de Laurier sans nombre, & le mot,

Como mis hazañas.

Pour le troisiéme, vne victime
couronnée de Laurier dans vn feu
allumé sur vn Autel, & le mot,

Quemandome triumpho.

Pour le quatriéme, le rameau d'or d'Enée, & le mot,

Ducet, reducetque.

Pour le cinquiéme, vn Laurier fous vn Soleil, auffi ardent qu'il eftoit lors qu'il brufloit d'amour pour Daphné, auant fa metamorphofe en Laurier, & le mot,

Aun arde para mi.

Pour le fixiéme, vn Laurier eflagué qui iettoit des nouuelles branches, & le mot,

Virefcit vulnere.

La quatriefme partie fut celle du Cheualier Trifte, lequel entra feul auec fon Efcuyer, en fuite de la partie des Nymphes des Monts-Pyrenées, qui eftoit la troifiéme.

Sa deuife eftoit vn efcu de fable pur, ou fans eftre marqué d'aucune figure, & le mot,

H ij

No ay figura por mi dolor.

La sixiéme estoit la partie des Amazones.

Pour Ortamire, vn Soleil, & le mot,

Vro, nec vror.

Pour Hypolite, le Globe de la terre enuironné de la Sphere du feu, & le mot,

Aunque cercada, no quemada.

Celle-là est cy-dessus sous vne autre ame, laquelle va quasi à mesme intention.

Ce fut ce que ie contribuay de deuises à ce Carrozel, le reste de celles qui seruirét, tant au Balet qu'aux iournées de la Quintaine, & de la course de Bague estoient de meilleure main ; & pour celles-cy i'ay eu peine à me resoudre de les mettre en suite de mes autres Deuises

Choisies, sans les repolir, & les ra-
commoder.

AV BALET DE L'AMOVR
& du contr'amour , dansé
en l'an 1618.

POvr la partie des Ialoux.
Vn Miroir ardent, lequel par
les rayons du Soleil rejalliſſans ſur
vne fleur de Soucy, amoureuſe de
cét aſtre la faiſoit ſeicher & mourir
tout enſemble, & le mot, ou le Soucy parloit au miroir ardent,

Muero porque te mira.

Pour la partie des Amoureux in-
ſenſez.

Vn Soleil couchant, lequel en
ſe cachant à nos yeux, fait place à
la Lune qui ſe leue à meſme temps,

& est l'astre des fols lunatiques, le
mot estoit,

Quando te pones, sale, mi Luna.

C'estoit pour dire que dés l'heure que cét Amant estoit priué de
la veuë de son soleil, sa folie com-
mençoit à paroistre.

Pour la partie des Amoureux
despitez.

Le premier estant en colere contre
sa Maistresse, portoit pour deuise.

Vn grand Comete enflammé de
courroux, & le mot,

Ardore de ira, è non d'amore.

Le second, qui s'estoit despité
par la rigueur & par les durs traittemens de sa Maistresse, portoit
pour deuise.

Des fers, & vne rude lime qui les
rompoit ; ou bien des chaines rom-
puës par vne lime, & le mot,

Soluuntur vincula duris.

Pour dire, que c'eſt par les durs
traittemens que les fers de l'amour
ſe briſent, le mot François eſtoit,

Ta rigueur me déliure.

❧❧❧❧❧❧❧❧❧❧❧❧❧❧❧❧

POVR LA MASCARADE
de l'Inconſtance.

LA premiere partie fut celle
d'vn des Princes Solimans ſous
le nom de Liſidor, lequel menoit
dans vn char, traiſné par ſix grif-
falcons volans, l'Inconſtance en
triomphe ſous le nom de Francine,
au milieu duquel elle eſtoit debout
auec vn pied en l'air, & l'autre ſur
vne boule, s'appuyant d'vne main
ſur vn rozeau, & de l'autre portant
vn cameleon ſur le poing ; ſon char

H iiij

de Triomphe estoit suiuy de quatre
Escuyers habillez à la Turque, qui
portoient au bout de leurs lances
des banderolles , où estoit peinte
cette deuise pour Francine.

Vn Croissant de Lune, qui est l'a-
stre des Turcs infideles, & le mot,

Infide praluceo genti.

La seconde partie fut celle Dal-
cidon & de Ligdamon, sous le nom
des Cheualiers Africains, montez
sur des Elephans, & qui portoient
pour deuise.

Vn Croissant de Lune adoré par
vn Elephant, & le mot,

Variamque sequemur.

La troisiéme partie fut celle de
Philidor, sous le nom du Cheualier
de la mer, qui portoit pour deuise.

Vne mer en tourmente sous vn
Croissant de Lune, & le mot,

Con fus mudanças, me mudo.

La quatriéme partie fut celle
d'Alcandre & de Calidon, sous le
nom des Cheualiers de Laurore,
qui portoient pour deuise.

L'Estoille du matin, & le mot,

Bella si, ma erranie.

La sixiéme partie fut celle d'Al-
cipe & de Creon, sous le nom des
Cheualiers du Miroir, qui portoient pour deuise.

Vn miroir, c'est vn corps poly,
dont le crystal reçoit incontinent
tous les objets qui se presentent à
luy, & les perd aussi incontinent,
le mot estoit,

Quos admittit, statim amittit.

La sixiéme partie estoit celle de
trois Cheualiers habillez en Ber-
gers, & couronnez de saule, pour
marque qu'ils auoient perdu leur

Maiſtreſſe par ſon infidelité, ils portoient pour deuiſe.

Vn ſaule, cét arbre porte vne
eſpece de fleur, dont le fruit ſe perd
en ſa naiſſance, le mot eſtoit,

Quod promittit non ſeruat.

La ſeptiéme partie eſtoit celle
des quatre Cheualiers de la Giroüette, repreſentans les quatre
vents, qui portoient pour deuiſe.

Vne Giroüette entre quatre Cu-
pidons qui la faiſoient tourner de
tous coſtez, au vent de leurs ſoû-
pirs, le mot eſtoit,

Di vari ſoſpiri, i ſuoi giri.

POVR LE CARROZEL
de la Conſtance, ſous le nom de Cleoſandre.

CETTE partie au contraire des precedentes, fut faite en faueur de la Conſtance, en laquelle ceux qui parurent les premiers ſur la carriere furent.

Les Amadis, ſous le nom des Cheualiers de l'Arc des loyaux Amans, qui portoient ces deuiſes.

Celle de Lucidor eſtoit vn flambeau allumé, qui ne vit que par ſa flamme, & qui meurt dés qu'elle s'eſteint ; c'eſtoit pour dire que ſa vie ne pouuoit durer, ſi ſa flamme & ſon Amour ne duroit pas, le mot eſtoit,

Dum vrar viuam.

Ou bien,

Quandiu viuam vrar.

Celle de Florestan estoit, deux
bougies allumées & entortillées,
ou iointes ensemble par vn bout, &
qui brusloient d'vne mesme flamme, & le mot,

Vna è la fiamma di duoi cuori.

Celle d'Agesilan estoit vne Sphere, de laquelle le propre est de se
tourner sur son Piuot, sans changer
pour cela de place, & le mot,

Se mueue pero no se muda.

Ou bien,

Mouetur, sed non mutatur.

Pour celle de Florisel de Niquée,
elle est cy-dessus.

C'estoit vn Bouclier contre qui
plusieurs flesches estoient rebouchées, & qu'vne seule auoit percé

(fra molte vna.) Comme aussi celle
de Syluez de la Selue, qui estoit vne
Aigle regardant le Soleil *(mirar non
so luci men belle.)*

DEVISES
BVRLESQVES.

DEVISES TIRE'ES DV
Mamurra ou du Pedant Parasite.

VNE escumoire de cuisine, &
le mot,

Il peggior ne coglio.

C'estoit pour dire que suiuant la
maladie ordinaire des Pedants, il
choisissoit dans les liures ce qu'il y
auoit, qui valoit le moins. L'intention de cette deuise estoit contraire à celle de l'Academie *della*
Crusca, qui a pour deuise vn blu-
teau ou vn saz, & le mot,

Il piu bel fior ne coglic.

Vne citrouille, & le mot,

I

Nella panſa il ceruello.

C'eſtoit pour dire, qu'il ne rai-
ſonnoit que par les ſeules inſpira-
tions de ſon ventre.

Vne abeille voletant ſur vn par-
terre de fleurs, & le mot,

Dulcis de quolibet eſca.

Pour dire qu'il viuoit *des quolibets*,
dont il auoit fait vn ramas, & que
la vie eſtoit douce à qui viuoit ſur
les tables d'autruy. L'equiuoque du
mot *quolibet*, eſt d'autant plus à pro-
pos que preſque toutes les rencon-
tres de Mamurra, eſtoient fondées
ſur des equiuoques ſemblables.

Vne mouche voletant ſur vne
table miſe, & le mot,

Quo plus depulſa redibo.

C'eſtoit pour dire qu'il ſe rendoit ſi importun aux tables des
grands, que plus il en eſtoit chaſſé

plus il y reuenoit.

Vne roüe de charrette roulante,
à qui on graisse le tour de l'essieu
pour la faire mieux rouler, & le
mot,

Quo me pingue rotat.

Pour dire, qu'il n'alloit que là où
la graisse le faisoit rouler.

Vne scie frottée d'vne couane
de lard, & le mot,

Acuuntur pinguedine dentes.

Vn chien de cuisine leschant
vne leschefrite, & le mot,

Trahit sua quemque voluptas.

Vn chien de rotisseur dans sa
roüe, faisant tourner des broches
deuant le feu, & le mot,

Qual Ixion al penar, qual Tantaio
al esperar.

C'estoit pour dire qu'é ces amours
il estoit vn Tantale, dans les espe-

rances que ſa maiſtreſſe luy donnoit, en le nourriſſant de la ſeule
fumée du roſt, & vn Ixion en la
peine qu'elle luy cauſoit, luy faiſant
tourner ſans ceſſe la meſme rouë.

Vn chapon maigre à demy lardé, & percé d'vne lardoire, & le
mot,

l'engraiſſe par le dard qui me bleſſe.

C'eſtoit pour dire qu'en fin, ſa
maiſtreſſe s'eſtoit laſſée de luy eſtre
rigoureuſe, & qu'il viuoit des fu-
mées qu'elle luy donnoit.

Vn aloyau de bœuf, lardé de
feüilles de laurier, & roſtiſſant à la
broche, auec ce mot,

Fra le piaghe & l'ardore,
Triomfa il mio amore.

C'eſtoit pour teſmoigner ſa victoire en amour, & ſa paſſion tout
enſemble.

Vn pourceau mangeant son gland dans vn esquif sur vne mer agitée, & le mot,

Pour Neptune ni son trident,
Ie ne perds pas vn coup de dent.

C'estoit pour dire qu'il se van-toit d'auoir atteint la perfection de la Philosophie de Pyrrhon, qui ne craignoit aucun peril ni ne se troubloit pour quelque accident, dont la fortune le pût menasser à l'exemple du pourceau, que ce grand Philosophe fit gloire d'imi-ter dans vne grande tourmente.

DEVISES TIREES DV
Thrason ou Fauls braue.

TRO1S lances qu'il auoit en ses armoiries & le mot,

I iij

Han crefcido con el tiempo.

Pour dire que ces lances de guerre, auoient efté autresfois les lan-
cettes d'vn Chirurgien, de la race
duquel il defcendoit.

Vne fufée allumée montant vers
le Ciel, laquelle au bout ne fait
rien qu'vn pet, & le mot,

Definit in crepitum audax.

C'eftoit le fuccés des grands def-
feins de Thrafon, qui finiffoient
toufiours par vn pet, cette deuife
a efté imitée du Carrofel des Cheualiers de la Gloire, à la place
Royale, où vn des Cheualiers auoit
pour deuife, vne fufée allumée
montant vers le Ciel, & le mot,
da lardore lardire, laquelle i'ay autresfois propofée pour preuue qu'-
on ne doit pas choifir des corps
de deuife, qui puiffent receuoir

vné mauuaiſe interpretation ou eſtre tournées en ridicule.

DEVISES TIRE'ES DV
Ialoux.

V N Soleil éclipſé par l'interpoſition de la Lune, laquelle ne le fait iamais éclipſer que quand elle eſt nouuelle, & lors qu'elle entre dans ſon croiſſant, le mot eſtoit,

Obſtanti cornua ſurgunt.

C'eſtoit pour dire que les empeſchemens que le jaloux donnoit à ſa femme, en ne ſouffrant pas qu'elle fut veuë du monde, luy pourroient procurer vn meſme deſtin que celuy de la Lune, quand de ialouſie elle nous cache le Soleil.

Le taureau de Phalaris qui a les cornes au front, & les tourments dans le fein, auec ce mot,

Nella frontè le corne, i tormenti nel feno.

Vn diable cornu, & le mot,

Adduntur cornua pœnis.

DEVISES TIRE'ES DV
Xylotype, ou du Mefdifant baftonné.

VNE riuiere débordée chargée de bois d'arbres defracinez, pour reprefenter l'auanture du médifant, & le mot,

*Efta carga tengo
Quando no me contengo.*

Cette deuife a efté auffi employée dans le *Miffodrie*, qui eft vne piece imprimée entre les *jeux de l'Inconnu.*

Vn tambour batu de ses baguetes, pour dire que plus les coups dont on le batoit estoient rudes, plus il en estoit fameux & renommé, & le mot,

Graui clarior ictu.

I'y ay autresfois adjousté ce mot, pris d'vne deuise du Carrosel, des Cheualiers de la Gloire ou de la place Royale.

De mis golpes mi sonido.

Et ç'a esté sous ce mot, qu'elle a esté aussi autresfois employée.

Vn noyer gaulé auec de longues barres, duquel on ne pût tirer des noix sans qu'on le batte, & le mot,

Non nisi fustibus ictus.

Le mont Ætna bruslant, &

couuert d'arbres iufques au fommet, & le mot,

Il legno nelle fpalle, è le fiamme
nel feno.

Pour dire qu'il auoit l'amour
dans le cœur, & les efpaules char-
gées de bois.

DEVISES TIREES DE la Maigre.

VNE ortie qui efcorche la main
qui la touche, & le mot,
Si tacta perurit.

Vn piquon ou glateron qui s'a-
tache aux habits de tous ceux qui
paffent, & importune ceux qu'il
fuit, & le mot,

Perfequor quos profequor.

❧❧❧❧❧❧❧

DEVISES TIRÉES DE
Lonogene.

Vn chardon, & le mot,
A me dolce à gli altri crudele.
C'eſtoit pour dire que le chardon eſtoit le ſymbole de la maiſtreſſe de cét homme aſne, & que
comme le chardon, elle n'eſtoit
douce qu'aux amants de cette eſpece, & piquante & cruelle à tous
les autres.

Vn aſne mangeant ſon auoine,
dans vne mangeoire, & le mot,
Muſam meditatur auena.
Pour dire,
*En mangeant ſon auoine il me-
dite vn ſonnet,*
Ou bien,

*Il medite vn sonnet, pour auoir
de l'auoine.*

Ce mot est pris de Virgile ; mais
auena qui est vn équiuoque, & signifie chalumeau dans le vers de
Virgile, est pris icy en son autre
sens pour *l'auoine.*

F I N.

PRIVILEGE DV ROY.

LOVIS par la Grace de Dieu Roy de France & de Nauarre : A nos Amez & Feaux Conseillers les Gens tenans nos Cours de Parlement, Maistres des Requestes ordinaires de nostre Hostel, Baillifs, Seneschaux, Preuosts, leurs Lieutenans, & à tous autres de nos Iusticiers & Officiers qu'il appartiendra. Salut : Nostre bien Amé *Augustin Courbé*, Marchand Libraire en nostre bonne Ville de Paris : Nous a fait remonstrer, Qu'il a recouuré vn Liure intitulé, *Traitté des Deuises par le Sieur Boissiere*, qu'il est sollicité de mettre en lumiere, ce qu'il ne peut faire sans auoir nos Lettres sur ce necessaires, lesquelles il nous a tres-humblement supplié de luy accorder. A CES CAVSES, nous auons permis & permettons à l'Exposant d'imprimer, ou faire imprimer, vendre & debiter en tous les lieux de nostre obeïssance ledit Liure, en vn ou plusieurs Volumes, en telles marges, en tels caracteres, & autant de fois qu'il voudra durant dix ans, à compter du iour que le Volume sera acheué d'imprimer pour la premiere fois. Et faisons tres-expresses défenses à toutes personnes de quelque qualité & condition qu'elles soient de l'imprimer, vendre, ni distribuer en aucun lieu de nostre obeïssance, sous pretexte d'augmentation, correction, changement de titre, fausses marques ou autrement, en quelque forte & maniere que ce foit, sans le consentement de l'Exposant, à peine de quinze cens liures d'amende payables sans déport, par chacun des contreuenans, & appliquables vn tiers à nous, vn tiers à l'Hostel-Dieu de Paris, & l'autre tiers audit Exposant, de confiscation des Exemplaires contrefaits & de tous despens dommages & interests. A condition qu'il sera mis deux exemplaires de ce volume qui sera imprimé en vertu des presentes, en nostre Bibliotheque publique, & vn en celle de nostre trescher & Feal le sieur Molé Cheualier Garde des Seaux de France, auant que de les exposer en vente, & que les presentes seront Registrées dans le Liure de la Communauté des Libraires de nostredite Ville de Paris, suiuant le Reglement de nostre Cour de Parlement, à peine de nullité d'icelles. Du contenu desquelles. Nous voulons & vous mandons que vous faciez iouïr pleinement & paisiblement l'Exposant, & ceux qui auront droit de luy, sans souffrir qu'il leur soit donné aucun empeschement. Voulons aussi qu'en mettant au commencement ou à la fin dudit volume, vn Extrait des presentes, elles soient tenuës pour deuëment signifiées, & que foy y soit adjoustée, & aux copies collationnées par vn de nos amez & feaux Conseillers & Secretaires comme à l'Original. Mandons au premier nostre Huissier ou Sergent sur ce requis de faire pour l'execution d'icelles tous exploits necessaires sans demander autre permission. CAR TEL est nostre Plaisir, nonobstant oppositions ou appellations quelconques, & sans prejudice d'icelles, pour lesquelles nous ne voulons qu'il soit differé, clameur de Haro, Char-

rre Normande, & autres Lettres à ce contraires.
Donné à Paris le 20. iour de Iuin l'an de grace mil six cens cinquante-quatre, & de noftre regne le douziefme.

Par le Roy en fon Confeil.

CONRART.

Acheué d'imprimer pour la premiere fois, le 30. Iuillet 1654.

Les Exemplaires ont efté fournis.